4. La grande finale

Chloé Varin

LES INTOUCHABLES

5, rue Sainte-Ursule
Québec (Québec)
G1R 4C7
Téléphone : 418 692-0377
Télécopieur : 418 692-0605
www.lesintouchables.com

DISTRIBUTION : PROLOGUE
1650, boul. Lionel-Bertrand
Boisbriand (Québec)
J7H 1N7
Téléphone : 450 434-0306
Télécopieur : 450 434-2627

Impression : Imprimerie Lebonfon inc.
Conception du logo : Marie Leviel
Mise en pages : Paul Brunet et Joannie Martin
Illustration de la couverture : Josée Tellier
Direction éditoriale : Érika Fixot
Révision : Élaine Parisien, Patricia Juste Amédée
Correction : Érika Fixot
Photographie : Mathieu Lacasse

Les Éditions des Intouchables bénéficient du soutien financier du
gouvernement du Québec — Programme de crédit d'impôt pour
l'édition de livres — Gestion SODEC et sont inscrites au Programme de
subvention globale du Conseil des Arts du Canada.

Nous reconnaissons l'aide financière du gouvernement du Canada
par l'entremise du Fonds du livre du Canada (FLC) pour nos activités
d'édition.

 Conseil des Arts   Canada Council
du Canada   for the Arts

© Les Éditions des Intouchables, Chloé Varin, 2013
Tous droits réservés pour tous pays

Dépôt légal : 2013
Bibliothèque et Archives nationales du Québec
Bibliothèque et Archives Canada

ISBN : 978-2-89549-605-2
        978-2-89549-613-7 (ePub)

D'après une idée de Michel Brûlé

Chloé Varin

PLANCHES D'ENFER 4

La grande finale

LES INTOUCHABLES

Dans la même série

Planches d'enfer, Annabelle: 180°, roman jeunesse, 2012.

Planches d'enfer, Samuel: 360°, roman jeunesse, 2012.

Planches d'enfer, Loïc: 720°, roman jeunesse, 2012.

Chez d'autres éditeurs

Par hasard… rue Saint-Denis, roman, Éditions Stanké, 2008.

« Le monde est un livre, et ceux qui ne voyagent pas n'en lisent qu'une page. »

— Saint Augustin (354-430)

MOT DE L'AUTEURE

Du plus loin que je me souvienne, j'ai toujours adoré voyager. Découvrir de nouveaux paysages et de nouvelles cultures, confronter mes valeurs et mes habitudes à celles d'ailleurs… Je puise la majeure partie de mon inspiration dans mes voyages, m'imprégnant, pour créer mes personnages, des souvenirs impérissables que me laissent les gens rencontrés au fil de mes pérégrinations.

J'habitais dans le nord de l'Italie lorsque j'ai imaginé Annabelle et les garçons. On peut ainsi affirmer que les héros de cette série sont Italiens, par la force des choses. Fabrice aurait très bien pu s'appeler Fabrizio et s'exprimer dans un fort accent milanais, mais je l'imaginais davantage sous les traits des collégiens français croisés au cours de mon voyage précédent, en Provence. Mathis devait être Haïtien, mais il est devenu Dominicain au retour d'une sympathique escapade à Puerto Plata avec mon amie d'enfance.

Si je vous confie cela, c'est que les premières lignes du roman que vous vous apprêtez à lire ont été rédigées à Guadalajara, au Mexique. Pas surprenant, donc, que le voyage soit au cœur de cette quatrième et dernière aventure qui, je l'espère, saura vous donner des ailes!

Je terminerai en avouant qu'il est difficile d'échapper à l'anglais lorsqu'on traite de sports comme le skateboard, le snowboard et le wakeboard, à moins de renoncer, en quelque sorte, à la crédibilité et à l'authenticité du sujet. Ainsi, chaque fois que vous verrez un mot en caractère gras suivi d'un astérisque (*), vous saurez qu'une définition vous attend à la fin de ce livre, dans la section «Jargon du planchiste».

Bonne lecture... et bon voyage!

Chloé ☺

1

1er juillet

La mer est déchaînée. Aussi indomptable qu'une bête sauvage craignant la captivité. Pas surprenant, donc, qu'en ce matin de juillet, seuls les surfeurs expérimentés aient le courage de braver les éléments…

S'il regrette un peu d'avoir menti sur ses capacités, Mathis ne s'estime pas moins chanceux d'avoir l'immense privilège de s'exercer en compagnie de Patricio González. Après tout, ce n'est pas tous les jours qu'on rencontre un champion de surf* devenu moniteur à ses heures !

Voilà pourquoi, malgré les réticences du planchiste professionnel, l'adolescent de treize ans a tout de même insisté pour suivre la leçon que ses parents lui ont payée, quitte à se faire totalement lessiver.

Il faut le comprendre : leur séjour dans le petit village mexicain de Sayulita tire à sa fin, et Mathis n'avait pas eu la chance de voir le célèbre surfeur local sur la plage avant ce matin. Patricio était en congé, à en croire Sergio, son jeune frère et associé. Comme il lui était tout à fait inconcevable de reprendre la route sans avoir partagé la vague avec celui dont les villageois lui ont tant parlé, Mat s'est dit qu'un petit mensonge inoffensif ne pourrait faire de mal à personne.

Sauf peut-être… à lui-même.

Mais comme tout amateur de sensations fortes qui se respecte, le jeune Québécois d'origine dominicaine se sentait prêt à en payer le prix. Il a donc mis ses notions d'espagnol à profit pour affirmer, non sans un léger tremblement dans la voix:

— Bah, j'ai surfé dans des conditions pas mal pires que ça!

Ni ses parents ni son futur professeur n'ont pensé mettre en doute son affirmation, à sa plus grande stupéfaction. Mais voilà qu'à peine devenu réalité, le rêve de Mathis commence déjà à prendre des airs de cauchemar éveillé.

— ¡ *Aguas*[1] !

— ¿ *Qué?*

— *Ahí viene la ola…* ¡ *Sígueme*[2] ! lui ordonne l'athlète mexicain.

---

1   « Eaux ! » : expression typiquement mexicaine qui signifie « Attention ! »
2   Traduction de l'espagnol :
     — Quoi ?
     — La vague approche… Suis-moi !

Leurs voix peinent à couvrir le grondement assourdissant des lames déferlantes se brisant sur la rive.

À califourchon sur sa planche* de location, Mathis garde les yeux rivés sur Patricio, son illustre moniteur de surf. Trop intimidé pour réagir — et encore plus pour agir —, il se contente d'étudier les gestes vifs et précis qu'enchaîne celui-ci. Des mouvements instinctifs dénotant toute l'expérience d'une vie. Allongé à plat ventre sur sa planche pour ne faire qu'un avec elle, l'homme entreprend de ramer de ses bras vigoureux pour progresser de son mieux vers le large et, ainsi, dépasser le manteau écumeux.

Mathis sait qu'il devrait l'imiter ; la prochaine vague est imminente, à en croire les directives de Patricio. L'adrénaline afflue dans ses veines, mais ses muscles sont bien trop crispés pour répondre à l'appel.

« Qu'est-ce qui m'a pris de penser que je pourrais survivre à ÇA ?! », pense-t-il, légèrement affolé. Ce n'est pourtant pas dans ses habitudes de paniquer, mais sa zénitude (qu'il croyait à toute épreuve) commence à se fissurer.

En voyant le Mexicain prendre de la vitesse pour plonger sous l'eau façon « canard* », le cœur de l'adolescent manque un battement, car il comprend véritablement ce qui l'attend : un aller simple dans la machine à laver.

Mathis a tout juste le temps de voir l'impressionnant mur d'eau qui s'élève en fonçant sur lui que, déjà, son surf de location est entraîné dans un violent tourbillon. Il a d'abord le réflexe de rester agrippé à sa planche, en suspension dans cette eau salée qui lui brûle les yeux telle une multitude d'aiguilles imaginaires s'enfonçant dans sa cornée. Mais son corps est si brutalement ballotté par la houle qu'il se résout enfin à lâcher prise, sachant le surf retenu à sa cheville par son précieux *leash**. Il se recroqueville sur lui-même en protégeant sa tête avec ses bras, craignant de percuter un rocher.

Son corps pique droit vers les fonds sablonneux sans qu'il puisse esquisser un mouvement pour éviter son inexorable descente. Il s'enfonce sans fin, comme englouti par un gigantesque monstre marin. La fable que lui lisait sa mère, le soir, lorsqu'il était gamin, lui revient en mémoire. Celle de Jonas dans le ventre de la baleine… Mathis espère qu'il n'y passera pas trois jours et trois nuits, à l'instar du héros de l'histoire !

Quelques mètres plus bas se dresse la silhouette obscure du récif de corail qui fait la réputation du spot de surf dans les villages voisins. Le jeune planchiste sait qu'il risque fort de s'y heurter s'il ne fait rien pour s'en éloigner. Alors, il fléchit les genoux, prêt à absorber le coup. Il attend d'être suffisamment près avant de déployer ses jambes pour se propulser avec ses pieds dans une tentative désespérée.

Une fulgurante douleur lui indique qu'il s'est entaillé le pied sur l'une des branches acérées du corail, mais il est bien trop pressé de remonter à la surface pour s'en préoccuper.

Ses poumons se compriment douloureusement au fur et à mesure qu'ils expirent le peu d'oxygène qu'il lui reste.

Sa gorge s'enflamme. Mathis sent qu'il ne tiendra pas longtemps.

«Vite. Vite. Vite», prie-t-il, à bout de souffle.

L'adolescent perçoit heureusement le clapotis des vagues, quelques mètres au-dessus de lui. Quand sa tête émerge enfin de l'eau, il aspire une telle goulée d'air qu'il s'étouffe aussitôt. Il lui faut une bonne dizaine de secondes pour retrouver sa respiration régulière.

Mais ce n'est, hélas, que de courte durée.

Mathis s'épuise dangereusement à force de battre l'eau de ses bras et de ses pieds pour se maintenir à flot. De toute évidence, l'océan ne lui fera pas de cadeau !

Il se remémore l'une des six règles d'or de ce sport : le planchiste est responsable de son surf, comme un maître l'est de son chien. Si l'un ou l'autre vient à s'éloigner de lui, il incombe à son propriétaire de le rattraper rapidement avant que ne survienne un incident.

Ainsi, pour éviter de blesser quelqu'un d'autre, Mathis s'empresse de tirer sur la corde afin de ramener sa planche vers lui. Il estime avoir déjà fait assez de dégâts pour aujourd'hui.

Tandis qu'il grimpe sur le surf, une voix le sort de sa torpeur :

— ¿ *Todo bien, amigo?*

Mathis surprend l'expression hilare de son moniteur. Le surfeur professionnel prend manifestement plaisir à s'amuser aux dépens de son élève, à en croire sa question. « Ça va, l'ami ? Pfft ! J'ai connu mieux, disons ! » pense le garçon. Il se contente toutefois de hausser les épaules, ce à quoi l'adulte répond :

— ¡ *Hombre, te pegó la ola*[3] !

Le ton est railleur. Pourtant, le sourire de Patricio disparaît aussi vite qu'il est apparu. Mathis ne tarde pas à en deviner la raison, apercevant à l'instant l'écoulement de sang qui trace un sillon derrière son pied en mouvement. Ils savent tous deux ce que cela signifie : ils ne sont plus en sécurité, ici.

— *Vamos antes de que llega una otra ola… o un tiburón*[4].

« J'hallucine ou il a parlé d'un REQUIN ? ! » s'affole Mathis de plus belle.

---

3   — Mon homme, la vague t'a battu !
4   — Allons-y avant qu'arrive une autre vague… ou un requin.

Sa nervosité vient assurément de monter d'un cran. Il inspecte fébrilement les environs à la recherche d'un aileron. Rien. Il ne voit rien, mais ne se sent pas rassuré pour autant.

Patricio pointe la plage de son index pour lui intimer l'ordre de le suivre. Mathis ne se fait pas prier. Il se met à ramer avec ses bras comme si sa vie en dépendait (ce qui n'est pas très loin de la réalité, vous en conviendrez).

Après ce qui lui semble une éternité, il distingue enfin le fond sablonneux sous lui, à sa portée. Il descend de sa planche pour rejoindre la rive à pied, réalisant par le fait même qu'il s'était rarement senti aussi soulagé de regagner la terre ferme.

Au contact de cette surface granuleuse, l'entaille sous son talon le fait grimacer, mais il se console en pensant que l'eau salée aura à tout le moins eu l'avantage de la désinfecter. Il se réjouit à l'idée de s'affaler sur le sable pour souffler, le temps de se remettre de ses émotions. Mais il finit néanmoins par s'y étendre pour une tout autre raison…

Mathis sursaute brusquement et tombe à la renverse tandis qu'une douleur cuisante irradie dans son pied jusqu'à sa jambe, lui arrachant un cri aigu qui rappelle celui d'une bête meurtrie.

— Aïïïïïïïïïïïïe !

Il vient de mettre le pied sur un bernard-l'hermite, à l'endroit même où le récif de corail l'a entaillé. Ce n'est décidément pas sa journée ! Il attend que la douleur se dissipe, puis s'accroupit pour saisir le petit crustacé avant que la houle ne l'emporte au loin. Mathis l'agrippe délicatement par la coquille en prenant garde à sa grosse pince qui s'agite, ne tenant pas particulièrement à s'y blesser une seconde fois.

Il serait tenté de le garder en souvenir de cette séance de surf épique dans un coin reculé du Mexique, mais il se ravise, conscient que ce geste irait à l'encontre de ses convictions. La nature mérite d'être respectée, peu importe ce qu'elle choisit de nous fait endurer.

Le jeune écolo remet donc la petite créature à la mer en la remerciant d'avoir mis un peu de piquant dans sa journée et en lui souhaitant bonne route sur les bords du Pacifique.

Une fois sa bonne action accomplie, Mathis voudrait secouer la tête pour chasser les grains de sable de sa tignasse rebelle, mais Patricio freine son élan en passant le bras du garçon autour de ses épaules robustes pour l'inciter à prendre appui sur lui. Aux côtés de cet athlète musclé par l'effort quotidien et cuivré par le soleil perpétuel, l'adolescent fait penser à un petit poulet détrempé. Qu'à cela ne tienne, notre bête blessée se laisse volontiers entraîner plus loin sur la plage par le surfeur, remerciant silencieusement son bon Samaritain d'avancer à son rythme, sans chercher à le brusquer.

Ses amis, eux, auraient d'abord évacué leur fou rire en se roulant sur le sol avec lui (solidarité oblige) et en filmant sa réaction avec leurs téléphones dits «intelligents» (parce qu'ils siphonnent l'intelligence des gens). Puis ils l'auraient traîné sans ménagement sur le sable en commentant allègrement son expression sur la reprise vidéo, rejouée à l'infini par Fabrice.

Mathis s'ennuie déjà des gars, c'est vrai. S'il pouvait choisir, c'est avec Sam, Loïc, Fabrice et Xavier qu'il profiterait des vacances d'été. Mais, en cet instant critique, il préfère nettement l'assistance du champion, tout compte fait.

Ensemble, ils dépassent la horde de touristes semi-bronzés échoués sous le soleil et s'arrêtent devant la tente annonçant l'école de surf et le service de location de planches «Sayulita's Get up-Stand up», tenus par Eric Barraza.

Mathis est stupéfait. Pourquoi Patricio González l'aurait-il volontairement conduit chez son compétiteur, sinon pour lui éviter d'avoir à marcher jusqu'à sa propre école, située à une centaine de mètres de là? Soit le champion est un véritable bon Samaritain — ou, mieux, un ange descendu du ciel, ce qui expliquerait pourquoi, lorsqu'il grimpe sur son surf, on croirait lui voir pousser des ailes —, soit il cherche simplement à refiler son jeune planchiste blessé au propriétaire de l'entreprise concurrente, qu'il dit pourtant considérer comme un ami...

Les deux hommes s'entretiennent brièvement dans un espagnol au débit bien trop rapide pour que le Québécois d'origine dominicaine puisse en saisir les subtilités. Il comprend néanmoins l'essentiel, c'est-à-dire que González aimerait le soigner ici. Le ton est amical et, comme de fait, Barraza ne tarde pas à mettre sa trousse de premiers soins à la disposition de son sympathique compétiteur, confirmant par le fait même ce que le jeune blessé avait pressenti : à Sayulita, le bien-être des habitants passe avant l'argent.

Qui a dit qu'en affaires, il n'y a pas d'amis ?

Mathis a beau aimer le Québec et la vie qu'il mène dans la belle province, il lui est pourtant difficile de résister à l'appel la mer. Mais il rêve surtout d'une communauté où la devise « Liberté, égalité, fraternité[5] » serait respectée. Ses origines latino-américaines ne mentent pas : Mathis se reconnaît autant dans l'attitude décontractée des Mexicains que dans leur infinie générosité.

Tandis que son moniteur de surf désinfecte sa plaie, l'adolescent fixe son attention sur les cinq mots qui flottent au-dessus de lui, valsant joyeusement sous l'effet du vent. À son arrivée

---

5   Devise de la République française et de la République d'Haïti.

au village, cette même installation rudimentaire lui avait arraché un sourire béat en raison de son inscription « Sayulita's Get up-Stand up ». La référence évidente à l'une de ses idoles, le grand, l'inégalable Bob Marley, lui assurait qu'il était bienvenu ici. Ou, à tout le moins, qu'il s'y sentirait chez lui.

Et il ne s'était pas trompé.

Mathis peine à croire qu'il doit déjà faire ses adieux à Sayulita. Il commençait franchement à se plaire dans ce charmant petit coin de pays qui s'est avéré encore plus paradisiaque qu'il ne l'avait prédit… Il ne lui en faut pas plus pour oublier la morsure de l'alcool sur sa blessure. Le refrain de la célèbre chanson de Marley monte en lui, véritable tsunami balayant toute source de douleur sur son passage, aussi réconfortant que le chant de la mer au creux d'un coquillage :

Get up, stand up
Stand up for your rights
Get up, stand up
Don't give up the fight

Bob a bien raison. Il est hors de question que lui, Mathis Simard-Aubin, se laisse décourager au premier obstacle rencontré ! Peu importe qu'il soit blessé, la leçon d'une heure que ses parents lui ont payée ne sera pas écourtée. S'il parvient à dompter la vague dans de telles conditions, le jeune planchiste saura qu'il a, lui aussi, l'étoffe d'un champion.

Sans même attendre que son pied soit dûment emmailloté dans le bandage, il interpelle son instructeur privé en le considérant d'un regard rempli d'espoir :

— ¿ *Regresamos*[6] ?

Sa question provoque un nouvel éclat de rire chez cet homme jovial qui s'amuse d'un rien.

— *No. ¡ Basta por hoy*[7] ! s'exclame Patricio.

Le moniteur de surf ne voudrait surtout pas avoir la disparition du jeune Québécois sur la conscience ; des plans pour qu'il perde sa licence !

Que ça lui plaise ou non, Mathis sait qu'il ne sert à rien d'insister. Auprès du Mexicain, du moins. S'il doit convaincre quelqu'un de lui offrir une seconde chance, c'est vers son père, Rodrigue, qu'il devra se tourner.

Connaissant sa mère, Sylvie, il sait qu'elle n'acceptera jamais de renoncer à son escapade culturelle à Guadalajara pour prolonger leur séjour à Sayulita. Mais son gentil mari daignera peut-être lui accorder une petite journée supplémentaire, ne serait-ce que pour permettre à leur fils adoré de surfer avec le champion dans des conditions moins… extrêmes, disons ?

---

6   — On y retourne ?
7   — Non. Ça suffit pour aujourd'hui !

Bon, ça reste à prouver. Mais, pour le savoir, encore lui faudra-t-il trouver la manière de formuler sa demande de faveur au principal intéressé. Mathis serait prêt à mettre son orgueil de côté et à supplier Rodrigue à genoux. Après tout, si ça peut le convaincre d'accepter, il serait fou de ne pas tenter le coup !

Un simple coup d'œil en direction des chaises longues lui confirme ce qu'il avait deviné ; ses parents y sont bel et bien allongés, à l'ombre des parasols multicolores. Leur nouvelle place habituelle. Même en vacances, Sylvie et Rodrigue ressentent le besoin d'insuffler un semblant de routine à leur quotidien. Ils sont si prévisibles que ç'en est presque risible.

Mathis remercie les deux hommes et les salue en laissant planer de possibles retrouvailles le lendemain, comme si le fait de prendre ses désirs pour des réalités était gage de succès... Puis il va retrouver ses parents dans la zone réservée aux « bronzés modérés », en faisant de gros efforts pour ne pas claudiquer. S'ils devinent combien sa blessure le fait souffrir, ils n'accepteront jamais de rester pour que leur fils continue à surfer alors qu'il est déjà amoché.

Alors, aussi bien mettre toutes les chances de son côté.

Il plaque un sourire peu convaincant sur ses lèvres tout en retournant son unique argument dans sa tête :

« Tu m'avais promis le voyage de surf de mes rêves pour te racheter, après ce qui s'est passé durant l'épreuve de *wake**... »

Non. Trop direct.

« Tu sais ce qui me ferait vraiment plaisir ? »

S'ensuit une foule de variations sur le même thème pour trouver les mots justes qui sauront les atteindre. Le solo de violon susceptible de faire vibrer leur corde sensible. Mathis s'en veut de jouer les manipulateurs, mais cette opportunité lui tient vraiment à cœur ; il serait prêt à jouer le tout pour le tout pour améliorer ses talents de surfeur. S'il parvient à coincer ses parents avec sa stratégie, l'adolescent sait qu'il aura remporté la partie.

« Échec et mat ! », comme on dit.

*

À : Mathis Simard-Aubin (mat_simard@sympatico.ca)
De : Ophélie Boisvert (opheliedanslesnuages@gmail.com)
Objet : Des nouvelles, stp ! ! ! ! ! !

Salut, Mat !

J'espère que ton voyage se passe bien ?! Ta petite sœur te tape pas trop sur les nerfs ? Je sais que tu détestes les ordinateurs, mais tu m'avais promis de m'écrire quand même. Comme tu l'as pas encore

fait, je commence à m'inquiéter un peu parce
que… depuis que j'ai vu le film « Soul Surfer » avec
Annabelle, mon cerveau imagine plein de scénarios
dans lesquels tu te fais attaquer par un requin. Je
capote! (Ouin, c'était peut-être pas l'idée du siècle de
regarder ce film-là pendant que tu es au Mexique en
train de surfer, finalement!) :-P

Donne-moi des nouvelles quand tu auras 2 min. Juste
pour me dire que tout va bien, OK?

Gros bisous!
O. xoxoxo

PS : Tu regarderas la photo en pièce jointe. J'ai pensé
à toi en voyant ce beau nuage tout rond passer au-
dessus de ma maison… On dirait tes cheveux, non?
J'aurais comme le goût de croire que c'est un signe
que tu penses à moi! TK, je dis ça comme ça… héhé!

2

Rodrigue a simplement dit non. Une réponse bien courte pour justifier une aussi importante décision.

Sylvie s'est quant à elle contentée de ressortir son fameux discours de psychologie 101 :

— On vous a permis, à ta sœur et à toi, de choisir une activité que vous aimeriez pratiquer durant notre voyage en famille. Jade voulait nager avec les dauphins ; toi, tu voulais ta leçon de surf avec ton champion. Maintenant qu'on a cédé à vos désirs, c'est à notre tour de nous faire plaisir !

Les parents ont donc décidé de reprendre la route pour Guadalajara — capitale de l'État de Jalisco, dite « la Perle de l'Ouest » — sans plus tarder.

Mathis n'est pas très fier de se plier ainsi à la décision parentale, mais depuis que l'adrénaline s'est enfuie avec ses dernières réserves d'énergie, il est bien trop fatigué pour protester. Il a l'impression de s'être pris un coup de massue, tellement la décision de ses parents l'a déçu.

Et il croirait peser cinq tonnes, tant il est amorti par sa baignade extrême.

La douleur qui continue d'élancer dans son pied ne fait rien pour l'aider… ni celle qui engourdit tous les muscles de son corps, y compris ceux dont il ne soupçonnait même pas l'existence.

Mathis ne peut qu'espérer que, dans une grosse ville de quatre millions d'habitants comme Guadalajara, les gens continueront de lui rendre son sourire partout où il ira. Pour une fois qu'il n'a pas l'impression d'être le fils (ou, pire, la marionnette) d'un couple de touristes. Le moins qu'on puisse dire, c'est qu'il regrette déjà Sayulita…

Fini, le surf et le jogging sur la plage. Pour l'instant, du moins.

Aussi zen soit-il, le jeune planchiste doute d'avoir la patience nécessaire pour attendre jusqu'au prochain voyage. Mais une chose est sûre : il n'est pas près d'oublier son turbulent face-à-face avec mère Nature.

Mathis croyait avoir eu son lot de sensations fortes pour la journée. Il a survécu à son passage dans la machine à laver, à des coraux affilés comme des couteaux, à une menace de requin et à une attaque de bernard-l'hermite, c'est déjà bien assez !

Il comptait profiter du voyage en voiture pour dormir, histoire de reprendre des forces après cette rude matinée. Les écouteurs enfoncés dans les oreilles, il s'imaginait que plus rien ne viendrait troubler sa tranquillité, mais…

Mathis réalise à l'instant qu'il avait largement surestimé les effets thérapeutiques de sa musique. Même le plus décontracté des reggaes ne saurait calmer l'angoisse qui le taraude depuis qu'ils ont pris cette route dangereusement escarpée.

Ils ont quitté Sayulita en début d'après-midi, comme prévu. On les avait prévenus que le trajet entre les villes de Puerto Vallarta et de Guadalajara serait long et ardu. L'adolescent était toutefois loin d'imaginer que ça valait autant pour le conducteur que pour ses passagers !

À force de se faire ballotter, Mathis a de plus en plus de mal à lutter contre la nausée. Il fait de gros efforts pour ne pas vomir la délicieuse omelette de *huitlacoche*[8] qu'il a ingurgitée avant de partir, mais son dîner semble constamment sur le point de venir lui chatouiller les lèvres.

Sa petite sœur, assise à ses côtés sur la banquette arrière, fait peur à voir, tellement elle est blême. Jade se cramponne au dossier du siège passager, ses jolis yeux bridés fixés sur la route, exorbités.

---

8   Ingrédient luxueux de la haute gastronomie mexicaine, aussi appelé « charbon du maïs », « truffe mexicaine » ou « caviar aztèque ». De bien jolis noms pour désigner… un champignon !

Dire qu'ils se pensaient à l'abri des ennuis en prenant place dans la voiture que leurs parents venaient de louer… C'était faire abstraction de l'état des routes mexicaines et du fait qu'ils devraient rouler sur un chemin de gravier, à flanc de montagne, durant plus de quatre heures d'affilée. Sans pouvoir s'arrêter.

Un défi routier que leur père n'était visiblement pas prêt à relever…

Il fait chaud, c'est vrai, mais la canicule ne justifie qu'en partie la sueur qui ruisselle abondamment sur le front du conducteur. Depuis qu'il est passé à un poil d'écraser un porc-épic insouciant qui osait traverser sans avoir d'abord regardé des deux côtés, Rodrigue transpire à grosses gouttes, penché sur son volant. Il s'imagine peut-être pouvoir éviter les obstacles plus rapidement ainsi, mais on se permet tout de même d'en douter.

La voiture cahote sur la chaussée sinueuse comme un pou sur la tête d'un marathonien. Et pourtant, si coureur il y avait, il n'aurait certes rien à envier à la vitesse de croisière de ce vieux tacot dont le moteur s'étouffe au moindre arrêt.

En négociant un virage bien trop large, Rodrigue provoque un léger éboulement de terrain. Résultat : les passagers retiennent leur souffle tandis que les grosses pierres qui traînaient en bordure du chemin dégringolent dans le ravin.

Mais, contrairement à ce qu'on pourrait croire, Rodrigue ne remporte pas la palme de la conduite imprudente. Eh non! La première position revient sans conteste à la motocyclette qui les dépasse en roulant à vive allure, empiétant sur ce qui devrait être l'accotement.

Un nuage de poussière s'élève sur son passage, réduisant la visibilité du conducteur de la voiture à néant. Cet aveuglement ne dure qu'une fraction de seconde, mais il ne lui en faut pas plus pour craindre le pire.

Le père de famille n'a aucune envie d'entraîner les siens avec les pierres au fond du ravin, et on le comprend très bien.

Quand la poussière se dissipe enfin, les Simard-Aubin doivent cligner des yeux pour s'assurer qu'ils ne sont pas en train d'imaginer le spectacle surréel qui s'offre à eux. Jamais ils n'auraient cru possible de voir une famille entière se partager une aussi minuscule selle dans un équilibre si précaire…

Comment est-il humainement envisageable d'entasser cinq personnes sur un tel engin?

« Non mais… ils sont fous, ces Mexicains! » pense Mathis, abasourdi.

À l'arrière de la moto, celle qu'on devine être la mère tient deux bambins contre ses seins tandis qu'au centre, la gamine de sept ou huit ans qui est coincée en sandwich entre ses parents et ses petits frères agrippe une poule hystérique battant furieusement des ailes. Mathis voit d'ailleurs la fillette se retourner pour leur jeter un regard insolent, avant de disparaître au loin en compagnie de son clan de motocyclistes-équilibristes.

Comme quoi le confort et la sécurité sont des notions somme toute relatives…

L'adolescent repense à la discussion que ses parents ont eue avant leur départ au Mexique, celle concernant leur assurance voyage. Alors que Rodrigue était certain de son (in)utilité, Sylvie cherchait à le convaincre du contraire : « On n'est jamais trop prudents, surtout avec les enfants ! » Cela a été son seul argument, mais elle a gagné. Son fils lui en sera sans doute éternellement reconnaissant.

Ils continuent de rouler en silence durant une bonne demi-heure, chacun perdu dans ses pensées. Ils croisent enfin le premier indice de civilisation, un panneau de signalisation annonçant leur destination. Or, plutôt que d'emprunter la route indiquée pour rejoindre Guadalajara, le conducteur prend la direction opposée. D'un brusque coup de volant, il quitte la route pour s'engager dans un chemin de terre, sans même laisser à ses passagers le temps de s'y opposer.

— Je sais pas pour vous mais, moi, je suis dû pour une p'tite pause pipi ! On fait un saut à El Salto[9], déclare alors Rodrigue dans un élan d'enthousiasme pour le moins suspect.

Sa femme et ses enfants l'ont rarement vu aussi à l'écoute de sa vessie !

C'est louche. Très louche, même, à en juger par son regard fuyant et ses airs de conspirateur. Leur réserverait-il une mauvaise surprise ? Après la journée qu'il vient de passer, Mathis n'est pas particulièrement chaud à l'idée de le découvrir.

Sa sœur et lui l'ignorent peut-être encore, mais ce voyage familial en Amérique latine est sur le point de prendre une tournure insoupçonnée. Qu'ils le veuillent ou non, ils ne tardent pas à deviner la véritable raison de cette halte improvisée.

En effet, il n'y a pas que la chaleur qui s'infiltre par les fenêtres ouvertes du véhicule. Le bruit aussi. S'il n'avait pas les oreilles saturées par la chanson *Three Little Birds* de son idole, Mathis percevrait avec la même acuité que Jade et leurs parents le grondement sourd mais constant qui leur parvient, bien que lointain.

Le bruit s'amplifie au fur et à mesure qu'ils progressent sur l'étroite route. Bientôt, une désagréable odeur de produit chimique agresse leurs narines, les forçant à se couvrir la bouche et le nez. Ils devinent dès lors sa présence sans même

---

9   « Le Saut », petit village de la province de Jalisco.

la voir… Ils la distinguent enfin lorsqu'ils débouchent sur une clairière où fourmillent journalistes, photographes et environnementalistes.

Une impressionnante cascade d'eau se jette au pied d'un fleuve grouillant dont le flot impétueux crée un vacarme assourdissant. Mathis retire ses écouteurs, bouche bée, comme si le fait de libérer ses oreilles lui permettait de profiter davantage du paysage saisissant qui ravit ses yeux.

Certains manifestants au visage recouvert d'un masque chirurgical brandissent fièrement une pancarte sur laquelle on peut lire le slogan suivant :

« *Ríos mexicanos, ríos tóxicos* — Greenpeace. »

Mathis a du mal à croire qu'il a devant lui des militants de ce célèbre mouvement écologiste. Une vague d'émotions indicibles le prend aux tripes, curieux mélange d'excitation et de fascination.

L'adolescent serait plutôt gêné de l'avouer, mais il est profondément ému de voir tant de gens rassemblés pour une seule et même cause, animés d'une volonté commune plus grande que nature. Celle de protéger la terre en lui rendant ce qu'elle nous a donné. L'amour. La vie.

Rodrigue se retourne pour admirer l'expression ébahie qu'affiche son grand garçon. Celui-ci est aussi fébrile que pourrait l'être un enfant de cinq ans visitant Disneyland pour la première fois.

— Comment t'as su qu'il y avait une manifestation de Greenpeace ici? lui demande Mathis sans même chercher à contrôler le trémolo qui fait vaciller sa voix.

— Il y avait un article dans le journal, ce matin. Je me suis dit qu'on pouvait pas rater ça.

— T'as ben raison, confirme Mathis, le visage fendu d'un sourire éclatant. C'est pour ça que tu voulais pas rester plus longtemps à Sayulita?

— T'as tout compris, conclut son père sur le même ton en lui faisant un clin d'œil complice.

L'expression de Rodrigue change du tout au tout alors qu'il entreprend de distribuer aux membres de sa famille des masques protecteurs semblables à ceux que porte le personnel médical des hôpitaux.

Joignant le geste à la parole, il enfile son propre masque tout en justifiant ses précautions:

— Si je vous oblige à le porter, c'est qu'on se trouve présentement sur le site du plus gros désastre écologique du Mexique.

— Quoi? s'étranglent en chœur Mathis et sa sœur.

— Vous avez bien entendu. Suivez-moi, leur lance-t-il en sortant du véhicule, aussitôt imité par sa femme et ses enfants.

Rodrigue continue de parler en marchant sur le sentier. Son ton solennel n'est pas sans rappeler celui des guides touristiques un peu trop zélés :

— Je vous présente le fleuve Santiago, ou El Rio Grande. C'est le plus grand fleuve du pays avec ses deux cent soixante-quinze kilomètres de longueur. Il est aussi reconnu comme étant le corridor industriel d'El Salto en raison des mille cinq cents usines construites sur ses rives. Ça fait plus de cent ans que ces industries-là déversent leurs déchets toxiques dans ses eaux…

Selon les dernières analyses, explique-t-il, le fleuve serait pollué par des substances extrêmement toxiques comme de l'arsenic, du nickel, de l'acide sulfurique, du mercure et du plomb. Le Santiago est considéré comme mort parce qu'aucune forme de vie n'y a été aperçue depuis plus de trente ans… Pas de poisson, pas de plante aquatique. Tout ce qui y touche meurt. Mathis comprend par conséquent que même les fameuses algues bleu-vert auxquelles il a déclaré la guerre ne survivraient pas dans cette eau !

Un silence de mort accompagne cette sombre déclaration. Les membres de la famille Simard-Aubin semblent chercher à assimiler ce flot d'informations.

— Mais… c'est dégueulasse ! parvient enfin à articuler Mathis.

Jade et lui ne sont pas les seuls à s'indigner face à un tel discours. Sylvie ne peut s'empêcher de verbaliser l'inquiétude qui la gagne :

— T'es sûr que c'était une bonne idée d'emmener les enfants ici, chéri ?

— On restera pas longtemps. Je veux juste que Mathis comprenne qu'il a bien fait d'agir comme il l'a fait en lançant sa campagne de sensibilisation environnementale, ce printemps. Je veux lui montrer que c'est important de poser des gestes concrets avant qu'il soit trop tard. Le Rio Santiago est sans doute l'un des meilleurs exemples en matière d'irresponsabilité écologique !

Il n'en faut pas plus pour projeter Mathis deux semaines plus tôt, à la grande finale de la compétition « Planches d'enfer ». Durant cette même épreuve de *freestyle wakeboard*, troisième et dernière de l'événement, qui a bien failli être gâchée par ses actions écologiques.

Des images défilent en accéléré pendant que Mathis revisite allègrement les faits saillants de cette inoubliable journée : la marée de manifestants s'avançant tel un seul homme vers le lac Pierre. Leurs pancartes où figurait le slogan qu'il avait lui-même trouvé : « NON À LA POLLUTION ET AUX PHOSPHATES ! PROTÉGEONS NOS LACS ! » Leurs têtes bleues assorties à leurs vêtements aux couleurs de leur campagne de sensibilisation environnementale.

Même les sons ressurgissent avec précision, comme s'il y était.

Mathis n'a qu'une envie : écrire à Ophélie. Il se jure que c'est la première chose qu'il fera en arrivant à destination, « à Guada[10] ». Il doit à tout prix lui raconter ce qu'il vient de voir pour qu'elle comprenne que leur cause n'en est qu'à ses débuts.

Tel un boomerang, le refrain qui l'a habité toute la matinée revient le taquiner :

Get up, stand up
Stand up for your rights
Get up, stand up
Don't give up the fight

Ce n'est pas le moment de baisser les bras alors qu'ils sont si près du but. Ils ne laisseront pas la pollution exterminer toute forme de vie aquatique, comme dans ce fleuve du Mexique. Pas question que les lacs de leur belle région deviennent le théâtre d'un désastre écologique !

---

10   Comme dit la mère adoptive de Mathis pour paraître cool et, surtout, pour éviter de se ridiculiser en prononçant l'étrange son guttural du « ja » de Guadalajara.

3

Samedi 16 juin (soit deux semaines plus tôt), devant la demeure des Simard-Aubin

Ludovic roule trop vite. Beaucoup trop vite. La poussière s'infiltre par les fenêtres ouvertes de la vieille jeep familiale, faisant toussoter les jeunes passagers comme une chorale de grands fumeurs. Et pourtant, personne ne s'en plaint. Au contraire! Sur la banquette arrière, Samuel, Annabelle et son amie d'enfance, Léa, s'amusent follement, heureux de se faire ainsi ballotter sur l'étroit chemin de terre.

Seul Loïc[11] ronge son frein du côté passager.

Le jeune Blouin-Delorme prie secrètement pour que son grand frère au «pied pesant» délaisse l'accélérateur et parte à la conquête de cette autre pédale dont il ne semble pas soupçonner l'existence. Combien de fois l'adolescent de quatorze ans a-t-il supplié son aîné de conduire l'ancienne jeep de leur mère plus prudemment?

---

11   Ou BD pour les intimes; Blouin-Delorme pour les connaissances légèrement effrontées; «lui» pour les purs étrangers...

Loïc estime avoir répété «LUDO, RALENTIS!» au moins sept cent vingt-deux fois (incluant les variantes «Ralentis, Ludo», «J'ai dit: RALENTIS!» et «Pèse sur le FREIN, pas sur le gaz!!!»).

Ce n'est pas qu'il craigne un accident, mais plutôt que le véhicule ayant appartenu à leur mère ne soit endommagé. Aux yeux de Loïc, tout ce qui touche de près ou de loin à Sophie est sacré.

C'est justement pour cette raison que Ludo prend un malin plaisir à rouler comme un fou : pour la simple satisfaction de voir la fureur défigurer la petite gueule d'ange de son frérot adoré.

Cela dit, il n'y a pas que BD qui pousse un soupir de soulagement lorsque le véhicule ralentit enfin à l'entrée d'une clairière; Sam, son meilleur ami, et les filles le font aussi. On est toutefois en droit de se demander s'ils ne cherchent pas plutôt à recracher la poussière avalée. M'enfin. Aussi palpitant fût-il, ce petit rallye a assez duré. Ils ont une compétition à remporter; ce n'est certainement pas le moment de provoquer un bête accident!

La modeste maison de Mathis et de sa famille se dresse devant eux, coquette en dépit de son architecture très, très rustique. La petite voiture écologique de cette famille d'excentriques est garée dans l'allée, preuve qu'ils sont déjà arrivés.

— Comment est-ce qu'ils ont fait pour être là avant nous? Ils étaient derrière, quand on est partis! s'étonne le conducteur.

— Ils ont sûrement pris un autre chemin, fait Loïc, évasif.

Son grand frère lui décoche un regard assassin.

— Quel chemin? Je connais le coin par cœur. Ça me surprendrait que le père de Mat ait découvert un raccourci que j'ai jamais vu!

— C'est pas la peine de t'énerver, rouspète faiblement BD. De toute façon, on est arrivés. Qu'est-ce que ça change qu'ils soient là avant nous?

— Rien. C'est juste que…

— Dis-le donc que tu voulais impressionner les filles en arrivant le premier! l'interrompt Samuel pour le taquiner, depuis la banquette arrière.

— Est-ce qu'on t'a demandé ton avis, Bozo? s'énerve Ludo.

— Non, mais je le donne pareil. C'est gratuit pour toi, mon ami!

— Merci. C'est trop gentil. Sauf que tu devrais plutôt garder ta salive pour ta nouvelle blonde. Conseil d'expert.

Ludovic accompagne sa remarque d'un clin d'œil dans son rétroviseur à l'intention d'Annabelle, coincée entre Léa et Samuel, à l'arrière. Léa ne peut d'ailleurs s'empêcher de glousser d'un rire idiot qu'elle regrette à la seconde où il franchit ses lèvres. Elle veut tellement faire bonne impression sur ces faux-jumeaux-dangereusement-beaux[12] qu'elle en fait trop !

Depuis que son premier vrai chum, Tommy, est sorti de sa vie, aucun gars n'avait su attirer son attention avant les frères Blouin-Delorme. Il faut dire qu'à Pont-Rouge, elle connaît presque tous les garçons depuis l'enfance et les considère pour la plupart comme des frères. Vivement son entrée à la méga-polyvalente de Donnacona, l'an prochain ! Là-bas, ce n'est pas le choix de nouvelles fréquentations potentielles qui manquera. Mais, en attendant, elle ne dirait pas non à une petite amourette d'été… juste pour se sentir belle, savoir qu'elle peut toujours plaire, même avec quelques livres en plus. « Kilos en trop », pense-t-elle, par réflexe.

Du coin de l'œil, Léa entrevoit le rougissement qui prend d'assaut les joues bronzées de sa meilleure amie. Annabelle est étrangement silencieuse depuis qu'ils ont quitté le lac Pierre pour rejoindre le nouveau lac où se tiendra la dernière épreuve de la compétition « Planches d'enfer ». Il est évident que quelque chose la tracasse, et la Pont-Rougeoise est bien déterminée à découvrir de quoi il retourne, même si elle a déjà sa petite idée sur la question.

---

12   Voir *Planches d'enfer, Loïc : 720°*.

Ludovic éteint le moteur après s'être garé, non sans difficulté. Pourtant, plus personne n'ose l'agacer. C'est que monsieur l'organisateur sait se montrer très susceptible!

Annabelle a tout juste le temps de refermer la portière que Léa l'entraîne déjà à l'écart, loin des oreilles et des regards indiscrets. La main emprisonnée dans celle de son amie de toujours, elle se laisse guider sans broncher, électrisée par ce contact humain qui fait instantanément ressurgir en elle une foule d'agréables souvenirs. Comme la première fois où elles ont réussi à garder l'équilibre sur leurs skates* respectifs, accrochées l'une à l'autre. Ou la fois où elles ont trébuché sur une racine en gambadant bras dessus, bras dessous sur le sentier menant aux galets qui surplombent la rivière Jacques-Cartier. Elles avaient ri à s'en donner mal aux côtes, soulagées de constater qu'aucun témoin n'avait assisté à leur plongeon synchronisé.

Oui, il y avait bien longtemps qu'elles n'avaient pas marché ainsi, main dans la main...

Léa s'immobilise à l'ombre d'un chêne centenaire. Le tronc de l'arbre est si énorme qu'elle n'aurait pu espérer meilleure cachette pour créer une barrière entre elles et le reste du monde. Avant de commencer l'interrogatoire, elle prend ses aises et s'adosse contre le chêne en relevant un genou de façon à ce que la plante de son pied épouse l'écorce rugueuse.

Annabelle est troublée de la voir si minuscule face à un tel mastodonte, mais soulagée de la deviner bien plus solide qu'avant. Avant sa fugue à Montréal, avant sa rupture avec ce grand flanc mou de Tommy et sa lutte contre l'anorexie... Léa était adossée de la même manière quand Annabelle l'avait aperçue, échouée contre un abribus de la métropole par un matin d'avril[13].

Mais celle qui se tient devant elle aujourd'hui n'a plus rien à voir avec l'adolescente écorchée qu'elle avait alors entrevue. Léa a non seulement repris des formes et des couleurs, mais elle a également retrouvé son style vestimentaire d'avant et adopté une nouvelle coupe de cheveux au carré qui met en valeur son joli visage en cœur. Elle n'a jamais été aussi belle.

La jeune visiteuse se risque enfin à poser la question qui lui brûle les lèvres depuis leur départ du lac Pierre:

— Pis? Raconte-moi!

— Quoi? demande Annabelle, toujours absorbée dans ses pensées.

— Ben, ce qui s'est passé avec le p'tit frisé!

— Ah. Pas grand-chose...

— Arrête de me niaiser! fait Léa, un brin excédée. Le faux jumeau vient de dire que vous

---

13   Voir *Planches d'enfer, Loïc: 720°*.

sortez ensemble. En plus, c'est écrit dans votre front qu'il s'est passé quelque chose !

Annabelle creuse la terre du bout de son soulier pour ne pas laisser voir à son amie qu'elle est embarrassée. Elle repense à la dernière fois qu'elle lui a rendu visite à Québec, lorsque Léa venait tout juste d'être hospitalisée en raison de ses troubles alimentaires. À ce moment, c'est elle qui tentait de lui tirer les vers du nez… façon beaucoup trop imagée de dire qu'elle cherchait à connaître la vérité.

Maintenant que les rôles sont inversés, Annabelle se sent prisonnière. Elle est acculée au pied du mur, ou plutôt au pied de l'arbre.

Elle connaît sa meilleure amie comme le fond de sa poche. Mieux, en fait, parce que l'adolescente ne sait à peu près rien à propos de sa poche, sinon qu'elle est moyennement profonde et qu'elle peut contenir bien des choses. Bref, tout ça pour dire qu'elle connaît Léa mieux que quiconque et qu'elle sait pertinemment que cette sacrée fouineuse ne lâchera pas le morceau tant et aussi longtemps qu'Annabelle ne se sera pas décidée à passer aux aveux.

Alors, aussi bien leur faire gagner du temps à toutes les deux.

— Sam m'a dit qu'il me trouvait vraiment cool, comme fille…, commence-t-elle.

— Ça, on le sait. T'ES cool. Allez, apprends-moi quelque chose que je sais pas.

— Laisse-moi parler, d'abord !

— OK, fâche-toi pas, la taquine gentiment Léa en tirant sur l'une de ses mini-rastas.

Elle ne veut certainement pas mal faire, mais sa curiosité excessive incite plutôt Annabelle à se taire ! Voyant sa mine renfrognée, Léa s'empresse d'ajouter :

— 'Scuse-moi. J'arrête de t'interrompre, promis.

Annabelle prend une profonde inspiration avant de débiter d'un trait, comme pour se délester de son petit secret :

— Il m'a dit qu'il aime passer du temps avec moi parce que je le fais rire. Qu'il est super content d'être dans mon équipe parce qu'il trouve que je suis une rideuse* d'enfer et que je lui apprends plein d'affaires. Il dit que c'est la première fois de sa vie qu'une fille l'impressionne autant, pis…

Elle hésite à poursuivre, mais sa meilleure amie ne perd pas de temps et insiste :

— Pis ?

— Qu'il a de plus en plus de mal à cacher ses sentiments pour moi.

— Il a dit ça dans ces mots-là ?

— Ben… peut-être pas exactement ces mots-là. Mais c'est ça que ça voulait dire, en gros.

— Et c'est tout ?

44

— Comment ça, c'est tout ? Mon meilleur ami gars vient de m'annoncer qu'il m'aime… Me semble que c'est déjà assez !

— Ben, il t'a pas demandé de sortir avec lui ? Il a même pas essayé de t'embrasser ?

Annabelle s'empourpre de nouveau.

— Oui, sauf qu'avant, il m'a avoué que ça faisait longtemps qu'il voulait m'en parler, mais qu'il hésitait parce qu'il était sûr que je tripais sur BD.

— Qu'est-ce que tu lui as répondu ?

— Que Loïc est pas mon genre de gars…

— Mais tu le pensais pas. C'est ça ?

— Non, non… Ben, peut-être un peu. Le problème, c'est surtout que…

Annabelle cherche désespérément ses mots. Elle n'ose pas avouer que l'intérêt que sa meilleure amie montre à l'égard de Loïc depuis son arrivée dans la région de Lanaudière a grandement pesé dans la balance.

Avant même que Sam l'invite à discuter en privé, Annabelle avait pensé : « Si Léa peut enfin s'intéresser à un gars de son âge, je vais certainement pas m'interposer. Surtout qu'elle ferait un super beau couple avec BD. En tout cas, si elle sortait avec lui, elle viendrait sûrement me visiter plus souvent… »

Elle a donc décidé de tirer un trait sur Loïc — au sens figuré, bien sûr — pour lui laisser la voie libre. La jeune skateuse se croyait prête à faire ce petit sacrifice pour que sa *best* retrouve son sourire irrésistible et ce rire contagieux qui lui manquent tant.

— Le problème, c'est? répète Léa pour l'encourager une fois de plus à continuer.

— Quand il m'a embrassée, j'ai pas senti de papillons ou de feux d'artifice ou… Appelle ça comme tu veux. Disons que j'ai pas senti grand-chose.

— Peut-être qu'il t'a prise par surprise et que t'as, genre, pas eu le temps de réagir? suggère Léa, visiblement peu convaincue par sa propre hypothèse.

— Ouais, peut-être. Pourtant, quand Ludo m'a embrassée, je m'y attendais vraiment pas et ça m'a quand même fait de l'effet.

— Le faux jumeau t'a embrassée, pis c'est maintenant que tu me le dis? s'indigne sa meilleure amie d'une voix suraiguë.

— Ça s'est passé en novembre. On se parlait pas très souvent à ce moment-là, toi pis moi…

— Ça t'a pas empêchée de me faire la morale quand je me suis retrouvée à l'hôpital.

— De toute façon, ça voulait rien dire.

— Pour lui ou pour toi?

— Pour les deux.

— T'es sûre de ça?

— Oui, affirme Annabelle bien que ses yeux disent le contraire.

— Tu veux le conseil d'une VRAIE pro des problèmes de cœur ?

Annabelle ne peut s'empêcher d'éclater d'un rire franc. Léa se renfrogne, quelque peu vexée par sa réaction, ce à quoi son amie répond :

— Voyons ! Qu'est-ce que vous avez tous à vous prendre pour des experts, aujourd'hui ?

La question pourrait paraître agressive et, pourtant, cette boutade est lancée sur un ton résolument amical. Les taquineries ont toujours été monnaie courante entre ces deux grandes complices. Normal, direz-vous… Après tout, qui aime bien châtie bien !

— Ben, là ! Façon de parler…

— Si tu le dis.

— Bon, tu le veux, mon conseil, ou non ?

— Oui.

— Tu devrais tirer ça au clair dans ta p'tite tête et ici aussi, annonce Léa en pointant l'index vers le cœur de son amie. Fais une liste de ce que t'aimes et de ce que t'aimes pas de lui ou… J'sais pas… Essaie de lui donner une note sur dix pour chacun des critères qui comptent le plus pour toi. Genre personnalité, humour, physique, et cetera. Parce que ton p'tit frisé mérite mieux que de se faire niaiser.

Annabelle acquiesce tout en digérant l'information. Léa ajoute :

— Laisse-toi la dernière semaine d'école pour y penser. Si t'as toujours pas l'impression d'être tombée amoureuse de Sam d'ici la fin de l'année ou le début des vacances d'été, ben, il va falloir que tu te décides à le laisser.

— Hum.

— Et dernier conseil : si tu décides de casser avec lui, t'as intérêt à y aller en douceur. Sinon tu risques de perdre un ami.

— Ou CINQ amis…, réalise Annabelle avec effroi. Merde, Léa, dans quoi je me suis embarquée ?

— Inquiète-toi pas. Je suis certaine que ça va bien aller.

— Je suis pas aussi sûre que toi, moi.

— Si ça peut t'aider, je trouve que vous êtes vraiment *cute* ensemble. T'sais, Sam, c'est pas le plus beau gars de la terre, pis… c'est pas le plus beau de la région non plus, je dirais. Mais il est vraiment ton style !

— Qu'est-ce que ça veut dire, ça ? Que j'ai pas de goût ?

— Ouais, c'est à peu près ça ! plaisante Léa, prenant cette espèce de frimousse haïssable qui fait craquer Annabelle à tous les coups.

Comme de fait, cette dernière réprime de peine et de misère le rire qui ne demande qu'à éclater. Mais Léa n'a pas l'intention de la laisser s'en tirer à si bon compte.

— Non, pour vrai, je le connais pas beaucoup, mais je sais qu'il te fait rire, pis, ça, ça veut tout dire. Bon, il est peut-être pas aussi drôle que moi, mais c'est pas grave. Il peut pas être parfait.

Il n'en faut pas plus pour qu'Annabelle s'abandonne à la rigolade. Elle décide d'oublier momentanément ce nouveau statut « en couple » qu'elle partage avec Sam (statut qui lui donne plus de frissons que le baiser en question). Advienne que pourra !

Plus rien — ni même un gars — ne pourra l'empêcher de profiter au maximum de ses précieux moments avec Léa. Sa meilleure amie repart demain à midi ; elles n'ont pas une seconde à perdre.

— Je suis vraiment contente que tu sois là. Je m'ennuyais tellement de toi !

— Moi aussiiiii, avoue Léa en la serrant très fort dans ses bras (et en lui perforant le tympan au passage, mais ce n'est qu'un léger détail…)

La Pont-Rougeoise desserre son étreinte et tente de se ressaisir en prenant une profonde inspiration dans l'espoir de ravaler ses émotions. Elle n'a visiblement pas l'intention de perdre son temps, elle non plus :

— Bon, quand est-ce que ça commence, cette compétition-là ? Qu'on voie le beau BD en action !

4

— C'est loooong! Qu'est-ce qu'on attend encore? grommelle Loïc entre ses dents.

Sa patience a des limites, et elles ont largement été dépassées. BD ne rêve que de se remettre à l'eau; il lui semble que ce n'est pas trop demander. L'adolescent de quatorze ans estime que cette campagne de sensibilisation écologique, aussi louable soit-elle, leur a déjà fait perdre suffisamment de temps. Il veut bien poser des gestes concrets pour l'environnement, mais il aurait préféré s'y mettre le lendemain de la compétition. À ce rythme, la remise des prix ne se fera pas avant minuit!

Bon, il exagère un peu, mais à peine.

Depuis l'arrivée des têtes bleues à la plage municipale de Saint-Alphonse-Rodriguez, ce matin, Loïc a l'impression que le temps s'étire à n'en plus finir. La présence des écolos en herbe lui fait l'effet d'un chewing-gum collé sous la semelle de son soulier par une chaude journée d'été. Il est impatient de s'en débarrasser!

Pourtant, s'il doit voir le bon côté des choses, il lui faut reconnaître que le montage s'est effectué à une vitesse ahurissante. Comme promis, les manifestants ont uni leur force à celle des participants, de l'organisateur et des commanditaires de l'événement pour monter les installations et recréer en un temps record un parcours similaire à celui qui avait été fait au lac Pierre.

Le plan d'eau du nouveau site étant beaucoup plus petit que celui où devait se tenir la course, le circuit s'en trouve considérablement réduit. Il se limite désormais à un quadrilatère formé d'un câble de circulation d'environ sept cents mètres de long, si bien qu'en avançant à une vitesse moyenne de trente kilomètres à l'heure, les participants en auront fait vite le tour... Qu'à cela ne tienne, son grand frère a décidé de conserver le même nombre de modules en les disposant selon le plan initial, quitte à essuyer les plaintes de ceux qui prétendront n'avoir pas l'espace nécessaire pour s'élancer librement dans les airs.

Le niveau de difficulté monte ainsi de quelques crans, puisqu'en plus de devoir évoluer sur un parcours réduit, les participants devront effectuer leur départ en *dock-start,* donc à partir de la rive, plutôt qu'en *deep-water-start,* immergés dans l'eau. Ce changement paraît en angoisser certains, mais on ne peut pas en dire autant de Loïc et de Mathis qui partent avec une certaine longueur d'avance sur le reste du peloton, pour s'être autant entraînés des deux façons.

Les modules flottants n'attendent plus que la caresse des planches pour retrouver leur raison d'être. Le *box**, le *rail** ainsi que le *double kicker** commandités par la boutique de sport de Robert, le père de son meilleur ami Sam, trônent fièrement au milieu du lac. Bien qu'il les sache dénués de toute forme d'intelligence ou de conscience, BD les imagine aussi fébriles que lui et ça l'amuse. Ou du moins, ça le console.

Mais il repense à la conversation qu'il vient d'avoir avec Ludo, et il se renfrogne de nouveau. Loïc a eu beau le supplier de le laisser partir le bal en passant le premier, son grand frère n'a rien voulu entendre. Ludovic est resté de marbre face à sa demande, refusant catégoriquement de lui accorder cette faveur sous prétexte que « manquer d'impartialité envers les participants ne serait pas digne d'un bon organisateur ». Pfft !

Le moins qu'on puisse dire, c'est que monsieur son frère se sent bien important aujourd'hui, penché sur son téléphone intelligent pour suivre l'évolution des commentaires sur la page Facebook de son événement. S'il est vrai que sa méga-compétition multidisciplinaire a pris de l'ampleur, devenant le projet personnel le plus populaire de l'école et l'une des activités sportives les plus attendues de la région, Loïc considère tout de même que cette réussite ne justifie pas l'air supérieur que prend son frère.

Malgré le brouhaha ambiant, Loïc tâche de se concentrer sur la disposition des modules afin d'oublier la rage sourde qui gronde en lui. Pour faire passer le temps, il envisage d'aller retrouver Mathis à l'un des trois trampolines qui ont été placés sur le terrain pour les participants de l'épreuve de planche nautique. Il voudrait s'échauffer en répétant certaines figures, mais son frère le rejoint au même moment pour l'aviser qu'il ne reste plus qu'à brancher les haut-parleurs et les micros. Ensuite, ils rassembleront les participants sur le quai de départ et ils seront fin prêts à entamer l'épreuve de wakeboard, dernière de la compétition multidisciplinaire « Planches d'enfer ».

Heureusement, car BD n'en peut plus de patienter. (Doit-on le rappeler ?)

Comme de fait, la voix de l'animateur prend d'assaut les haut-parleurs pour s'assurer du bon fonctionnement du micro, le plus fidèle allié de ses interventions rimées :

— Un, deux. Un, deux. Est-ce que vous m'entendez, bande de pouilleux ?

— OUAIS ! s'empresse de répondre Loïc, bientôt imité par les autres jeunes présents, nullement insultés d'être ainsi désignés.

— Est-ce qu'on est prêts à commencer ?

— OUI ! crie la foule d'une seule et même voix, au grand soulagement de Loïc qui réalise par le fait même qu'il n'est pas le seul impatient parmi les participants.

Tandis que l'animateur explique le déroulement de la journée dans un charabia purement incompréhensible pour les spectateurs non initiés, l'imagination de l'adolescent s'active. Elle prend son envolée au fur et à mesure qu'il visualise l'enchaînement prévu pour son premier parcours, se permettant même quelques fantaisies mentales au détour.

Il ne pourrait être plus confiant quant à la performance qu'il s'apprête à donner.

Cette confiance, Loïc la puise dans la certitude que sa mère est quelque part, tout près. Bien plus près qu'il n'y paraît.

Depuis qu'elle est partie, il a toujours eu l'intime conviction qu'elle veillait sur lui, mais cette impression se précise aujourd'hui. Elle ne l'observe pas d'en haut, mais plutôt d'en bas. Ni au ciel ni sur terre.

Sophie est juste là, sous l'eau.

BD espère impressionner les spectateurs, leur en mettre plein la vue, et c'est grâce à la présence apaisante de sa mère — Sophie «la Batracienne» devenue sirène — qu'il vaincra. Il en est convaincu.

5

En autorisant la famille Simard-Aubin à installer un système de traction par téléski nautique* sur leur lac, les voisins ne s'attendaient certainement pas à ce que leur paisible plan d'eau soit envahi par une horde d'adolescents... Et encore moins à ce qu'il soit le théâtre d'un événement à si grand déploiement.

Rodrigue leur avait présenté l'idée comme un projet écologique et sportif dont ils pourraient tous profiter sans que ça nuise pour autant à leur tranquillité. Un système démontable et quasi silencieux qui s'intégrerait à merveille au paysage grâce à son armature métallique si fine qu'elle passerait totalement inaperçue pour quiconque ayant des problèmes de vision.

Rodrigue n'avait pas menti jusqu'ici. Leur système de téléski avait tous les avantages décrits, et plus encore. Qu'ils soient sportifs ou non, tous les riverains y trouvaient leur compte, puisque le mouvement provoqué par le sillage des planches et les chutes fréquentes des planchistes assurerait une réoxygénation naturelle de leur petit lac chéri.

Difficile de refuser un projet si solidement présenté (et documenté). Les voisins ont donc accepté à l'unanimité. Mais certains commencent toutefois à s'en mordre les doigts…

La femme de Rodrigue, Sylvie, s'est chargée de les aviser de leur arrivée, les invitant même à participer aux festivités. Seuls deux d'entre eux — un couple d'anciens citadins un peu guindés — ont accepté son invitation, et c'est tant mieux, puisqu'ils sont déjà nombreux à partager (et à piétiner) leur espace gazonné. Sylvie se réjouit de voir autant de vie et d'entrain sur son propre terrain, mais elle n'est pas moins inquiète des lourdes responsabilités et des risques d'accident que représente un tel événement.

Cette vague inquiétude n'est toutefois rien comparativement au malaise qu'elle ressent face à l'humeur de son fils. Ce n'est pas le genre de Mathis d'être agressif et, pourtant, elle a l'impression qu'il se comporte bizarrement depuis l'arrivée des manifestants. Il paraît à cran, remonté contre tout un chacun. Elle ne reconnaît pas le visage fermé de son fils adoré, lui qui est d'habitude si souriant.

Sylvie voudrait lui en glisser un mot, mais elle préfère le laisser se concentrer sur l'épreuve sportive qui l'attend. Mathis s'est tellement entraîné en prévision de cette journée qu'il serait idiot de chercher à l'affronter immédiatement. Elle décide tout de même de s'approcher de lui pour lui faire comprendre qu'elle est là, s'il y a quoi que ce soit.

Mais elle interrompt aussitôt son élan en le voyant interpeller un adolescent grassouillet qu'elle n'avait jamais vu auparavant. Elle est trop loin pour entendre leur conversation, mais suffisamment près pour noter l'expression contrariée qui défigure son garçon. Elle choisit malgré tout de ne pas s'en mêler, préférant laisser les jeunes régler seuls leur différend.

— Hé! T'as laissé tomber quelque chose, dit Mathis pour attirer l'attention du garçon qui s'éloigne.

— Ah…, fait celui-ci en se retournant, l'air indifférent.

— Tu le ramasses pas?

— Bah. C'est juste un bout de carton.

— Ouin, pis? C'est pas une raison pour le laisser traîner dans la nature! réplique Mathis en se penchant pour attraper l'emballage de gommes à mâcher abandonné sur le sol et le rendre à son propriétaire.

Mais ce dernier le regarde sans broncher en se contentant de mâcher sa gomme avec beaucoup trop d'intensité. Pas de risque qu'il tende la main pour reprendre ce qu'il a volontairement fait tomber; ce garçon se fout de l'environnement comme de la fée des dents. Malheureusement pour lui, dans l'état où se trouve Mathis, l'effronté aurait grandement intérêt à protéger ses palettes d'en avant.

Devant la mine ahurie du jeune écolo, il se contente toutefois de déclarer mollement, d'une voix lente et pâteuse :

— Capote pas, *man*, je suis sûr qu'ils vont tout nettoyer après la compé…

— Euh… belle excuse de pas-de-tête, ça !

L'élève de la polyvalente Félix-Léclair hausse nonchalamment les épaules avant de tourner les talons pour repartir sans un regard vers son papier orphelin et celui qui le tient. Mais Mathis a tôt fait de le rejoindre. Il lui suffit de trois grandes enjambées pour l'agripper par le bras et le retenir.

— Tu partiras pas d'ici avant d'avoir ramassé ce que tu as jeté par terre, grogne-t-il au visage de l'effronté-potelé en le retenant fermement par le gras du bras.

— Sinon, quoi ?

— Sinon… euh… je m'arrange pour te faire disqualifier de l'épreuve et t'expulser d'ici.

Mathis relâche sa prise tandis que son vis-à-vis s'esclaffe d'un air méprisant. Les deux adolescents se toisent comme le feraient des lutteurs plutôt mauvais acteurs.

— Tu te prends pour qui, toi ?

— Pour celui qui habite ici.

— Pis c'est censé m'impressionner, ça ? Maintenant que je sais qu'on est chez toi, je me gênerai pas pour aller pisser dans les buissons.

C'est à ce moment précis que Mathis perd son sang-froid. En fait, il serait sans doute plus juste de dire que c'est à cet instant précis que son sang se met à bouillir dans ses veines sous l'effet de la rage, ce puissant réchaud à émotions. L'adrénaline étant bon ami de l'impulsivité, Mathis a le réflexe de bondir sur son adversaire avec l'agilité d'une panthère.

— Je vais te le faire bouffer, ton bout de carton ! lui crache-t-il au visage.

— Essaye, juste pour voir…

Le mangeur de gommes serre la mâchoire si fort qu'on peut facilement voir les muscles de son cou et les nerfs de sa mandibule se tendre. S'il semble bien plus costaud que son assaillant, l'effet de surprise le paralyse totalement, le réduisant à se défendre comme un débutant.

Des adultes accourent aussitôt pour séparer les deux adolescents avant que cette petite bagarre ne dégénère. Les jeunes résistent un peu, pour la forme, mais finissent par jeter les armes en continuant de se défier du regard. L'effronté balaie du revers de la main son chandail qui le boudine pour en chasser les brins d'herbe, les brindilles et les feuilles d'arbre qui y sont restés accrochés.

Ophélie en profite pour entraîner son amoureux plus loin afin de l'encourager à prendre de
grandes respirations pour se calmer. Elle finit
plutôt par céder à l'envie de lui plaquer un baiser
sur les lèvres, ce qui a pour effet de faire reculer
Mathis brusquement. C'est tout juste s'il n'entre
pas en collision avec le gros chêne centenaire
ayant été témoin de la discussion d'Annabelle et
de Léa, un peu plus tôt.

La jeune fille se renfrogne, insultée que son
copain repousse ses avances avec autant de
dédain.

— Qu'est-ce qui se passe avec toi, Mat? finit-
elle par lui demander, les mains calées sur ses
hanches osseuses, les sourcils froncés.

— …

Silence radio. Ophélie poursuit d'une voix
qui se veut douce, mais qui, au final, est aussi râ-
peuse que du papier sablé :

— C'est pas ton genre d'être aussi… agressif.

— Qu'est-ce que tu dis? Je suis pas agressif!
réplique sèchement Mathis, contredisant malgré
lui son affirmation.

L'adolescente soupire.

— Je te reconnais plus, souffle-t-elle si bas
qu'il ne l'entend pas.

Elle réalise alors que la musique continue de
jouer en sourdine dans les écouteurs de son
amoureux. Pas surprenant qu'il ne réponde pas à

son aveu ; il ne l'écoute qu'à moitié ! Elle soupire de nouveau et roule les yeux avant de lui retirer ses «vers d'oreille» comme elle les appelle[14].

Il ne tarde pas à réagir, voulant reprendre sa précieuse paire d'écouteurs des mains d'Ophélie, mais elle est plus rapide que lui et l'envoie valser quelque part dans le gazon, après avoir pris la peine de débrancher le lecteur MP3 qui y était relié.

Avant que son beau basané ne perde une fois de plus la tête, elle s'empresse de lui promettre :

— Je t'en achèterai des nouveaux…

«… beaucoup, beaucoup plus gros. Et surtout plus voyants. Genre orange fluo.»

Mathis n'en croit pas ses yeux (ni ses oreilles, d'ailleurs). Sa copine veut sa mort ou quoi ?

— Si je suis agressif, je me demande bien ce que tu es, toi !

— Euh… une espèce d'hystérique ? lance spontanément Ophélie.

Surprise de sa répartie, elle est la première à pouffer d'un rire incontrôlable, d'abord nerveux, puis contagieux. Mathis est vite contaminé, cédant au plaisir de partager avec sa belle lunatique-pseudo-hystérique ce petit moment de complicité.

---

14   Ophélie sait très bien que cette expression renvoie à une mélodie ou une chanson qui reste en tête trop facilement, mais elle préfère l'utiliser pour désigner les écouteurs de Mathis. C'est plus amusant.

Il lui demande pardon en s'avançant vers elle, bras ouverts. Il les enroule autour de la taille fine de sa copine.

La belle lunatique prend une grande inspiration avant de se risquer à l'interroger sur la raison de sa soudaine (et inhabituelle) irritabilité :

— Est-ce que t'es fâché contre moi ?

— Pourquoi je serais fâché ?

— Ben… à cause de la manifestation pis… le reste.

— Non, pas fâché. Juste déçu.

— Ah ? laisse échapper Ophélie d'un filet de voix à peine audible.

— J'aurais aimé que tu m'en parles au lieu d'organiser tout ça dans mon dos. Je vous aurais appuyés, t'sais. T'étais pas obligée de me le cacher.

— Oui, mais t'en aurais parlé aux gars…

— C'est sûr. Pis je vois vraiment pas ce qu'il y a de mal là-dedans. On aurait certainement pu trouver une solution sans pour autant nuire à la compétition.

— Comme ?

— Comme aviser les participants du changement de lieu AVANT le jour de l'événement !

Ophélie baisse les yeux en mordillant nerveusement sa lèvre inférieure afin de ne pas céder à son envie de fondre en larmes. Pour mériter le pardon de son amoureux, elle doit se montrer forte et affronter son regard. Surtout, affronter la vérité en osant lui avouer l'inavouable.

— C'était l'idée de ton père…

— QUOI?

— Faire la compétition sur votre terrain, c'était l'idée de ton père.

— Ophélie, si c'est une blague, je la trouve pas drôle.

— Je te jure que c'est vrai! Il nous a fait promettre de pas te le dire parce qu'il voulait te faire la surprise.

— Méchante surprise…, ironise Mathis.

— T'as raison… Excuse-moi, j'aurais dû t'en parler avant, mais je voulais tellement bien faire! J'avais promis à Rodrigue. Pis je voulais que tu sois fier de moi, de mon implication dans la région.

Mathis se contente d'émettre un léger grognement. Ophélie tente un rapprochement, mais il esquive une fois de plus sa caresse.

— Qu'est-ce que je peux faire pour me racheter?

— Si tu pouvais me promettre de plus jamais manigancer dans mon dos avec mon père, ce serait déjà un bon début…

— Oui, c'est promis!

Ophélie laisse passer quelques secondes, puis demande, faussement impatiente:

— Bon, on peut s'embrasser, maintenant?

En guise de réponse, Mathis emprisonne entre ses mains le visage constellé de taches de rousseur de celle qui fait battre son cœur. Il ferme les yeux et approche ses lèvres des siennes, mais à peine se sont-elles touchées que les deux tourtereaux se font déjà déranger.

— On attend toujours Mat « Disco Ball » Aubin pour commencer. Quelqu'un pourrait me dire où il est ?

Comme pour donner davantage de portée à ce message, l'écho leur renvoie de nouveau cet appel de l'animateur lancé par l'entremise de son fidèle micro.

— Je ferais mieux d'y aller, admet le principal intéressé, un peu contre son gré.

— Tu veux que je t'accompagne jusqu'à la rive ?

— Non, ça va. Je préfère me concentrer.

Ophélie acquiesce, compréhensive, ce qui n'empêche toutefois pas son cœur de se comprimer dans sa poitrine. Le moins qu'on puisse dire, c'est que cette journée ne s'annonce pas tout à fait comme elle l'avait espéré…

6

Le vent s'est levé, au grand bonheur des participants. Le lac est parcouru de rides profondes et sinueuses. Ce qui rappelait la peau lisse d'un nouveau-né évoque désormais le visage parcheminé d'un vieillard. Les oreilles saturées de musique, Mathis se laisse hypnotiser par les éclats de soleil miroitant sur la surface de l'eau en mouvement.

Il ne lui en faut pas plus pour chasser toute pensée négative de son esprit. La colère et le stress l'ont déserté pour faire place à la sérénité. Il est redevenu le garçon zen et pacifiste qu'il a toujours été.

Ophélie devrait s'en réjouir, mais elle ne peut s'empêcher d'être déçue que son amoureux se montre aussi distant avec elle. Leur discussion s'est plutôt bien terminée, c'est vrai, alors pourquoi en garde-t-elle un souvenir amer? Peut-être parce qu'elle craint de ne pas avoir la chance de lui reparler en tête-à-tête avant la finale de «Planches d'enfer». Ou parce qu'elle s'est sentie rejetée lorsqu'il lui a demandé de le laisser seul pour se concentrer…

Mathis s'est en effet réfugié dans sa bulle, et personne ne l'en fera sortir (à moins qu'on ne lui coupe encore sa musique, ce qui reviendrait à lui couper le souffle et à le priver d'oxygène). Depuis qu'il a retrouvé ses indispensables écouteurs étanches, il ne pense plus qu'à la chorégraphie extrême qu'il s'apprête à exécuter, fortement inspiré par ses rythmes reggae préférés.

Il ne prend même pas la peine de regarder la performance de celui qui le précède de peur de se laisser déconcentrer par sa virtuosité et d'en oublier son propre enchaînement. Le concurrent actuel — troisième planchiste à entrer dans la vague — sème l'enchantement sur son passage à en croire les acclamations chaleureuses du public.

Tout ce que Mathis espère maintenant, c'est commencer en force avec un premier *heat** le plus *clean* possible. Il est conscient d'avoir un net avantage sur les autres : celui de connaître mieux que quiconque l'environnement dans lequel ils devront évoluer. Le lac au bord duquel sa maison a été construite fait partie intégrante de son paysage depuis son arrivée au Québec. Il l'a tant de fois sillonné à la nage, en kayak ou en planche nautique qu'il serait capable d'en imaginer les moindres détails les yeux fermés.

Tandis qu'il visualise les figures qu'il prévoit exécuter, étudiant l'emplacement des modules et l'espace qui les sépare, Mathis se répète les cinq mots clés de la journée :

Concentration. Élan. Amplitude. Précision. Originalité.

Pour les trois premiers, ça devrait aller ; il est déjà bien concentré et son élan tout comme son amplitude ont déjà été testés par son plongeon sur l'effronté-potelé. Grâce à cet élève de l'école adverse, ses muscles sont donc parfaitement réchauffés. L'originalité ne devrait pas poser problème non plus. Après tout, Mathis compte surprendre le jury et déstabiliser ses adversaires en s'inspirant des figures de surf qu'il peaufine en voyage tous les étés. En revanche, son talon d'Achille demeure sans contredit la précision, son père et ses amis reprochant souvent à ses *tricks** d'être un peu brouillons.

« Trois sur quatre, ça pourrait être pire. Je devrais bien m'en sortir ! »

— J'appelle sur le quai de départ Mathis Simard-Aubin, qui n'est nul autre que le fils des charmants proprios de ce terrain ! Pas trop dépaysé, *bro* ? l'interroge l'animateur en brandissant son micro sous le nez du principal intéressé.

— Non, non ! Je dirais que... je me sens comme chez nous ! répond Mathis, bon joueur.

Quelques rires fusent de l'assistance, ce qui renforce instantanément son assurance. Il est bien déterminé à donner le meilleur de lui-même.

Idéalement, il espère même les éblouir grâce à ses prouesses techniques dignes d'un grand cirque (bon, faudrait quand même pas ambitionner, mais c'est ce qu'on appelle du renforcement positif).

Sa planche sous le bras, Mathis avance jusqu'à l'extrémité du quai et s'assoit, les jambes pendant dans le vide. Il fixe le lac sans un regard pour le rideur qui en sort et qui, en prime, l'éclabousse au passage.

Mathis prend quelques profondes respirations avant de réajuster sa veste de sauvetage et de relever les jambes pour insérer ses pieds dans ses chausses. Il ajuste le réglage de ses fixations avec une minutie quasi scientifique : serre, desserre, enlève, remet… Ses chevilles doivent être bien soutenues tout en restant libres de leurs mouvements. Pas facile de trouver l'équilibre parfait entre trop lousse et trop étroit.

Il se cramponne au palonnier* qu'on vient de lui lancer et fait un signe de la tête à l'intention de Ludovic et de l'animateur pour annoncer qu'il est fin prêt à commencer.

— Et c'est un départ pour Mat « Disco Ball » Simard !

Le jeune planchiste sent la corde se raidir et son corps en faire tout autant. L'instant d'après, il glisse sur l'eau tel un Jésus des temps modernes. S'il continue ainsi, Mathis aura transformé l'eau du lac en vin d'ici la fin de la journée! Les parents des participants lui en seraient sans doute très reconnaissants, mais… il a d'autres priorités pour le moment.

Peu importe le résultat qu'il obtiendra à l'issue de l'épreuve de *freestyle wakeboard*, Mat ne demande qu'à s'amuser. Il se fait d'ailleurs un devoir de se le rappeler, car c'est ainsi qu'il entend gérer son anxiété:

«Il arrivera ce qui doit arriver, pas de pression. Je ride pour moi, et pour personne d'autre.»

N'allez pas voir dans cette attitude je-m'en-foutiste un quelconque désintérêt vis-à-vis de la compétition. Au contraire! Il veut se surpasser, mais, contrairement à bien des participants, son but ultime n'est pas de gagner. À ses yeux, l'important, c'est d'être satisfait de sa performance et de savoir qu'il a fait de son mieux.

Mathis se laisse entraîner par le câble, savourant la vélocité du mouvement et la caresse du vent dans sa crinière. Cette dernière est tout sauf aérodynamique, mais qu'importe… le courant le portera!

L'adolescent entame son circuit par un *boardslide** bien relax sur le *box*. Sa planche glisse élégamment sur la surface du module avant de se soulever, propulsée par l'élan du jeune wakeboarder qui prépare déjà sa sortie en un *ollie** bien senti.

Mathis prend son temps, il n'est pas pressé d'épater la galerie. Il sait ce qu'il vaut ; pas la peine de faire tourner des ballons sur son nez en faisant le beau.

Ses cinq sens sont à l'affût. Il est en parfaite maîtrise de lui-même, comme prévu.

Bien que ses figures manquent encore un peu de précision, Mathis les replaque* avec l'assurance d'un champion. Il termine son enchaînement en souriant de toutes ses dents et regagne la rive avec le sentiment du devoir accompli.

Tandis qu'il retire ses écouteurs pour s'emplir les oreilles des divins applaudissements des spectateurs et saisir les subtilités rimées de l'animateur, Ophélie lui chuchote à l'oreille :

— Bravo. T'as été parfait.

La lueur qui illumine la prunelle de sa copine le gonfle de fierté. «Je suis le gars le plus chanceux au monde», se réjouit-il en la prenant dans ses bras pour la soulever de terre, même si elle proteste, pour la forme. Mathis dégouline encore, mais en vérité Ophélie se fout bien de ses vêtements mouillés, bien trop flattée par cette démonstration de tendresse spontanée pour s'en offusquer.

Cela ne fait aucun doute, l'éternel optimiste a refait surface au moment même où son mauvais karma est tombé à l'eau. Comme quoi il suffit

parfois de chasser le surnaturel pour qu'il revienne au galop !

7

La première vague* d'une heure tire (enfin) à sa fin. Plus que deux participants à passer — un élève de Félix-Léclair ainsi que BD — et le tour sera joué. Les planchistes sont maintenant parfaitement échauffés, le vent est au rendez-vous, la musique est bonne, le DJ est en feu, l'animateur est en nage à force de *slamer* sous le soleil. Bref, toutes les conditions sont réunies pour que l'événement soit un succès.

Pourtant, l'ambiance n'est pas à son meilleur sur le terrain des Simard-Aubin…

Les spectateurs ont assisté à deux ou trois grandes prouesses dignes du *Wake Magazine*, mais la performance de quelques concurrents laisse franchement à désirer. Dire que la première étape de l'épreuve de planche nautique s'est déroulée sans embrouille serait mensonger. Certains participants commencent à se plaindre ouvertement du changement de lieu et, surtout, de la décision de Ludovic d'utiliser un treuil mécanique plutôt qu'un *wake boat**. Ceux qui critiquaient à voix basse ce matin ne se gênent désormais plus pour dire tout haut ce qui les chicote (lire : partager la crotte qu'ils ont sur le cœur) :

— Le circuit est trop petit ! C'est à peine si on a l'espace pour lander* nos *tricks* entre les modules.

— Avoir su, je me serais entraîné dans un *cable park*…

— C'est vrai ! Moi, je refuse de rider dans ces conditions-là !

Annabelle, Ophélie et Léa écoutent les critiques des participants, les bras croisés et les sourcils froncés.

Par solidarité pour les faux-jumeaux-trop-beaux, Léa lance timidement :

— Pfft ! Des vraies petites divas !

Pour détendre l'atmosphère, Sam se met à parodier les planchistes mécontents de façon grotesque.

— Gnan-gnan-gnan… c'est trop dur ! cabotine-t-il d'un air stupide.

Annabelle se joint à lui, encouragée par les ricanements incontrôlables de leurs amis :

— Mon ego est trop gros. Ça me prend un bateau !

Sam « Bozo » Blondin commencerait-il à déteindre sur sa belle ? Annabelle n'a pas l'habitude de faire le clown pour se moquer des gens, mais, cette fois, c'est plus fort qu'elle. Ludovic a travaillé tellement fort pour organiser le moindre détail de cette méga-compétition, c'est injuste qu'il soit ainsi pointé du doigt.

Il n'en faut pas plus pour que Fabrice ouvre lui-même sa grande trappe pour attaquer directement les râleurs :

— Non mais ! Y a personne qui vous retient. Vous n'êtes pas contents, vous n'avez qu'à partir, hein !

— Ouin ! renchérit Xavier, l'éternel suiveux.

Un des concurrents-pas-contents, Thierry Lebœuf, un finissant de leur école, pivote sur lui-même en les dévisageant d'un air menaçant. De moins en moins content, le « monsieur » ! Xavier plante son regard paniqué dans celui de Fabrice et murmure (encore trop fort) en se couvrant la bouche de façon peu subtile :

— Beef nous a entendus, pis il a l'air fru.

— Et ?

Comme de fait :

— De quoi tu te mêles, le Français ? Pis toi, le roux ? Est-ce qu'on vous a demandé votre avis ?

— Non, mais j'attends jamais qu'on me le demande. Ce serait contre mes principes de liberté d'expression ! clame Fabrice, la tête haute et le nez dans les airs, mi-solennel, mi-baveux.

Thierry Lebœuf éclate d'un rire puissant, allant même jusqu'à se taper les cuisses avec ses mains.

— T'as ben raison, il y a absolument rien qui me retient ici, reconnaît-il en retrouvant son sérieux. «Planches d'enfer», c'est pour les amateurs. Si je veux participer à une vraie compétition de wake par câble, j'ai juste à m'inscrire au «WAKE DANS' RUE*».

— Fais donc ça!

C'est ainsi qu'ils perdent un concurrent — appelons-le «mauvais perdant» — sous prétexte qu'il lui était impossible de montrer son plein potentiel. Mais… bon! Un de perdu, dix de retrouvés, qu'ils disent. N'empêche que les proverbes populaires ou les phrases de grands-mères sont généralement quelque peu exagérés, si bien que, dans le cas présent, la compétition ne gagne pas dix nouveaux joueurs, mais seulement deux, qui valent pour les meilleurs…

*

Loïc sort du lac, dégoulinant mais confiant. Il se sent régénéré par la fraîcheur de l'eau et, surtout, par le déroulement sans faille de son enchaînement. BD a beau être un incorrigible perfectionniste, force est d'admettre que sa première performance a été irréprochable.

L'attente lui a littéralement donné des ailes. Il s'est élancé sur l'eau comme si sa vie en dépendait. Les figures se sont succédé avec brio… *Indy grab*, toeside* frontside 360°*, back roll**…

Des *tricks* relativement simples mais précis, exécutés avec justesse durant l'ensemble de la chorégraphie.

Avant la fin de son premier *heat*, Loïc se voit déjà qualifié de «technicien» par l'animateur, réputation flatteuse que lui vaut la constance de sa performance frôlant la perfection... si l'on fait abstraction de son léger manque d'imagination. Contrairement à Mathis, qui se laisse une très grande liberté d'action et de mouvement en y allant souvent avec l'inspiration du moment, il préfère s'en tenir aux figures répétées (et maintes fois réussies) durant l'entraînement, quitte à rater une belle occasion de surprendre le jury. En dépit de la discipline rigoureuse qu'il s'impose, BD semble oublier l'importance capitale que les juges accordent à la créativité...

En balayant la foule du regard à la recherche de sa joyeuse bande de débiles légers (excluant les filles, qu'il ne connaît pas assez pour les classer dans cette catégorie), Loïc aperçoit Ludo qui discute au téléphone cellulaire, légèrement en retrait. Il le devine contrarié à sa manière de creuser la terre du bout de son pied, en donnant de petits coups nerveux. Il n'en faut pas plus pour piquer sa curiosité.

Plutôt que d'aller rejoindre ses amis, Loïc s'approche discrètement de son grand frère façon ninja, c'est-à-dire léger comme l'air et rapide comme l'éclair. Ni vu ni connu. BD ne peut plus reculer ; il doit percer le mystère de Ludo et assouvir sa curiosité.

Il tend l'oreille et saisit les bribes de cette intrigante discussion :

— Cool ! Ça veut dire que vous êtes presque rendus. (…) Est-ce que vous avez passé la station-service ? (…) Ah non ?

Ludovic se passe la main dans les cheveux, les sourcils froncés, deux tics nerveux qui ne sont pas sans rappeler ceux de son faux jumeau, BD. Si l'atmosphère est plutôt tendue, l'organisateur espère que le spectacle de mi-temps qu'il a prévu réussira à faire revenir la bonne humeur. Mais encore faut-il que ses invités finissent par arriver !

— OK, restez où vous êtes. Je vais envoyer quelqu'un vous chercher. Vous surveillerez un vieux char laid qui fait ben du bruit.

Dès la seconde où il raccroche, monsieur l'organisateur beugle :

— LANDRY, VIENS ICI !

Loïc recule sous l'effet de la surprise. Il n'est pas peu fier d'avoir tout entendu sans avoir été aperçu. Il faut reconnaître qu'il gagne des jalons en tant qu'espion ; il se fait de plus en plus discret, son timing est parfait…

Il se poste à quelques centimètres derrière son frère avant de se décider à demander :

— C'était qui ?

— Hein ? fait Ludovic en sursautant, étonné de trouver son frère dans son dos.

— Au téléphone. Tu parlais avec qui ? insiste Loïc.

— Ah ! Secret…

— *Come on !* Tu peux me le dire, à moi. J'en parlerai à personne.

— Non. Tu vas le savoir en même temps que tout le monde.

BD voudrait lui faire ravaler son petit ton fendant. Mais comme il n'a rien à ajouter, sinon un concentré de mépris exprimé dans un soupir bien senti, il tourne les talons et s'éloigne d'un pas franc pour fuir son frère, ses secrets niaiseux et ses foutues idées arrêtées.

— Dans max dix minutes ! lui assure son aîné, voulant sans doute se racheter pour son attitude quelque peu abrupte.

Loïc ne prend même pas la peine de se retourner. Il croise le Gros Landry qui accourt au service de son fidèle ami, aussi attentionné qu'une mère à l'égard de son nouveau-né. Cette image le fait sourire ; il se promet d'en faire une caricature dans le précieux carnet de croquis qu'il garde toujours avec lui (sauf lorsqu'il s'apprête à se jeter à l'eau, comme c'est le cas en ce moment).

BD rejoint ses amis tandis que le « gorille » de son frère monte dans son auto, qu'il serait plus juste de qualifier de tacot. Landry quitte la propriété au volant de son bolide et disparaît dans un inquiétant nuage de fumée, sous le regard indigné des manifestants.

Comme Ludo l'a prédit, il ne s'écoule pas plus d'une dizaine de minutes avant le retour de son serviteur et l'arrivée de la grande visite mystère. Le moteur pétaradant de la voiture de Landry les précède, tel un avertissement. À quoi bon sortir les trompettes?

Un véhicule noir se gare derrière le tacot du Gros Landry. L'animateur de l'événement redouble d'enthousiasme, postillonnant allègrement dans son micro:

— On vous avait promis des belles surprises aujourd'hui. Y en a une qui vient tout juste d'arriver, ou plutôt deux. Ça fait qu'on va les accueillir du mieux qu'on peut. On les applaudit, mesdames et messieurs!

— Oui, mais… c'est qui? crie Annabelle à ses amis pour couvrir la clameur de la foule.

Elle ne récolte que des haussements d'épaules en guise de réponse. Personne n'en a la moindre idée, alors tous se contentent de fixer la nouvelle voiture garée dans l'allée en attendant que les portières s'ouvrent pour enfin dévoiler l'identité des passagers.

BD reconnaît instantanément le premier homme qui en sort, ayant suivi de près sa carrière durant toute l'année, mais il n'a jamais vu celui qui l'accompagne — le conducteur. Un troisième individu s'extirpe du véhicule, plus jeune et plus blond que les deux autres. Cette fois, il n'y a plus de doute possible. Il s'agit de…

— Oli et Raph Derome… J'hallucine ! Qu'est-ce qu'ils font ici ?

C'est au tour de Ludo de surprendre son cher frère par-derrière dans l'intention de faire la paix avec lui… et aussi pour se venger de l'avoir fait sursauter, précédemment (œil pour œil, dent pour dent).

— Ils sont venus faire une p'tite démo pour motiver les troupes !

— C'est toi qui as pensé à ça ?

— Non, c'est papa.

— Il me semblait, aussi…

— Qu'est-ce que tu veux dire par là ?

— Rien. Juste que c'est plus le genre de papa d'avoir des bonnes idées comme ça.

Ludo poursuit, sans relever le reproche déguisé que son frère vient de lui adresser :

— C'est parce que p'pa a demandé conseil au père d'Oli et de Raph pour construire notre *cable park* privé. Le mec, il a creusé deux lacs et construit deux systèmes de téléski pour ses gars !

— Wow, motivé, le monsieur ! s'exclame Loïc en considérant d'un nouvel œil le quinquagénaire qui accompagne les deux athlètes.

— Les fils aussi. De vraies machines !

— Ouais, surtout le plus vieux.

— Bah, les deux. Oli a remporté plus de compétitions, mais Raph a été en convalescence longtemps à cause d'un sale accident. Mais, maintenant, il torche autant, sinon plus qu'avant.

— C'est ce qu'on va voir…

— Yep! Je vais aller les accueillir. Tu veux venir avec moi?

— Bah, pourquoi pas?

Après les présentations d'usage, Ludovic conduit les deux célèbres planchistes nautiques de calibre international au bord du lac afin qu'ils puissent s'installer et s'échauffer sur le quai de départ. Pendant ce temps, Michel, le père de Loïc et de Ludovic, en profite pour faire plus ample connaissance avec le père Derome. Les deux hommes semblent ravis de se rencontrer en chair et en os après avoir autant échangé par téléphone et par courriels interposés. Ils en ont long à se raconter, assez pour que les oreilles de leurs fils respectifs se mettent à siffler!

Lorsque le plus âgé des deux frangins est chaussé, les pieds soudés à sa planche, il agrippe le palonnier, prêt à s'élancer, au grand bonheur des spectateurs.

L'animateur annonce, fébrile:

— Pour vous gâter, on a invité deux vrais pros à nous présenter une p'tite démo. Ces gars-là font notre fierté ici, comme à l'étranger. Ils ont remporté tellement de compétitions qu'on a arrêté de compter leurs trophées. Faites du bruit pour Olivier et Raphaël Derome, et ouvrez grand les yeux si vous voulez être sûrs de rien manquer !

La foule est en délire. Même ceux qui n'ont jamais entendu parler de ces deux athlètes accomplis se réjouissent de cette diversion qui arrive à point nommé.

Olivier Derome se jette à l'eau avec assurance. Il prend de la vitesse et glisse sur la surface en progressant à un rythme ahurissant. Chaque mouvement est précis, calculé. Aucun virage n'est laissé au hasard.

Le jeune homme brise enfin la glace avec un enchaînement de figures couronné par un spectaculaire *railey** avant de passer à un niveau supérieur : une figure périlleuse que peu de planchistes parviennent à maîtriser.

Après quelques essais infructueux où il pique du nez dans le lac ou lâche le palonnier, l'aîné réussit enfin une époustouflante rotation* de 1080°. Ce n'est ni la première ni la dernière fois qu'il accomplit cet exploit, mais il ne l'avait jamais replaqué en si peu de temps.

Il regagne la rive en poussant un puissant cri de victoire, les bras levés au ciel, encouragé par la clameur de la foule, littéralement déchaînée.

Dans l'assistance, Mathis se pince pour s'assurer qu'il n'a pas rêvé. Il s'est trouvé une nouvelle idole et, surtout, un nouvel objectif à atteindre. Il se fait cette promesse :

« C'est décidé : je dois à tout prix réussir à lander un 1080° d'ici la fin de l'été. »

Rien de plus, rien de moins.

8

Enfin, l'heure de manger ! La spectaculaire démonstration des frères Delorme a été aussi inspirante qu'appréciée, mais il était temps qu'on annonce le dîner… à 13 h 30 ; plusieurs commençaient à craindre de s'autodigérer. Tous ces chamboulements ont creusé l'appétit des participants et de leurs spectateurs. C'est sans parler du jury qu'on croirait composé d'ogres, tellement ces gourmands sont pressés de se diriger vers la petite cantine improvisée.

Celle-ci se résume à un barbecue qu'on distingue vaguement à travers un épais nuage de fumée ainsi qu'à une table de jardin trop encombrée. Cette dernière menace d'ailleurs de plier sous la charge excessive, mais personne ne paraît s'en soucier. De la vapeur s'échappe des trois immenses chaudrons remplis à ras bord d'épis de maïs tandis que des serviettes de table, quelques pots de condiment et deux imposants saladiers débordant de verdure bio encombrent la table. La cantine dégage une telle chaleur qu'on ne peut que plaindre Michel, Jo Ann, Rodrigue et Sylvie — les cuisiniers attitrés — de subir un tel supplice en cette journée de canicule.

Une file interminable traverse le terrain, tel un mille-pattes impatient. Certains jeunes tentent de passer devant les autres sous prétexte qu'un ami leur garde une place dans la queue, mais ils sont rapidement rappelés à l'ordre par les adultes, tout aussi affamés qu'eux.

Bientôt, le groupe formé par les équipes des ThreeSixters[15] et des Backsiders[16] ainsi que leur famille et leurs amis se rassemblent autour d'une seule et grande table de pique-nique. Ne manque plus qu'Annabelle et Léa pour que la bande soit enfin réunie.

Après avoir généreusement badigeonné de beurre ses trois épis de maïs fumants, Annabelle se permet de jeter un œil réprobateur à l'assiette peu garnie de sa meilleure amie. Ses deux maigres blés d'Inde (ceux dont personne ne voulait) font peine à voir, tellement ils sont nus. Les pauvres commencent d'ailleurs à se dessécher sous les impitoyables rayons du soleil, à son zénith.

— T'es sûre que tu veux pas mettre un peu de beurre ou de sel? insiste Annabelle.

---

15   Samuel (snowboard), Annabelle (skateboard) et Loïc (wakeboard).
16   Fabrice (snowboard), Xavier (skateboard) et Mathis (wakeboard).

— Ça va. Je les préfère comme ça, ment (lamentablement) Léa.

— Ouais, c'est ça… Pis, moi, mes amies, je les préfère menteuses !

En guise de réponse à ce sarcasme flagrant, la Pont-Rougeoise se contente de tirer la langue.

En allant rejoindre les autres à la table de pique-nique au bord de l'eau, avec Léa sur les talons, Annabelle croise l'idiot qui a osé la traiter de « p'tite fille » durant l'épreuve de skate. Il est en train de rigoler avec ses amis de Félix-Léclair dans la file, mais son rire niais s'étouffe dès la seconde où il aperçoit la jeune skateuse. Il détourne aussitôt le regard en feignant de ne pas l'avoir reconnue, et reprend sa conversation comme si de rien n'était. Malheureusement pour lui, son sourire forcé trahit son embarras.

Annabelle serait tentée de l'ignorer aussi, mais la vengeance est un plat qui se mange froid. Son blé d'Inde peut bien attendre !

Elle pivote sur elle-même pour demander à son amie :

— Ça te dérange de faire un petit détour ?

— Non, non. Je suis vraiment pas pressée de manger, se hâte de répondre Léa avec un soulagement évident.

Annabelle la foudroie du même regard réprobateur qu'elle a destiné précédemment à son assiette.

— Où est-ce qu'on va ?

— Saluer quelqu'un, réplique la jolie skateuse à rastas, volontairement évasive.

Le clin d'œil espiègle qu'elle adresse à Léa laisse supposer que ce « quelqu'un » s'apprête à passer un mauvais quart d'heure. Connaissant la terreur blonde (à mèches bleues), sa meilleure amie a de bonnes raisons de se méfier de ce qu'elle est en train de manigancer.

Annabelle contourne le groupe et s'arrête derrière sa « victime » en lui signalant sa présence par une légère pression sur l'épaule. Elle n'attend pas qu'il se retourne pour l'apostropher, l'œil malicieux :

— Hé, fillette ! Contente de te revoir.

Les amis de « Fillette » mettent quelques secondes à réagir, d'abord saisis par cette intrusion, puis par l'audace de l'intruse. Ils reconnaissent alors LA gagnante de l'épreuve de skate et finissent par éclater d'un rire franc. Même Léa s'esclaffe bruyamment tandis que son amie d'enfance savoure la réaction des garçons.

« Ils ressemblent aux hyènes un peu stupides dans le *Roi Lion* ! Je suis sûre que Jules serait d'accord avec moi… » Annabelle se surprend à éprouver de la tendresse à l'évocation de ce moment partagé avec son petit frère, tout récemment.

— Ah… Salut, championne, grommelle sa cible après une éternité, visiblement peu enchanté d'avoir à affronter cette (jolie) peste en présence de ses amis.

— Ça va ?

— Ça pourrait pas aller mieux. Toi ?

— Ouais, super ! Je te présente ma meilleure amie, Léa ! poursuit Annabelle d'un ton ultra enjoué, encouragée par le malaise grandissant de son interlocuteur qui semble appréhender la tournure que prendra cette conversation.

— Salut, fait la Pont-Rougeoise sans grande conviction.

— Salut, répond l'autre sur le même ton.

La discussion commence déjà à tourner en rond. Par chance, Annabelle a largement eu le temps de préparer la réplique cinglante qui s'apprête à franchir ses lèvres. Pour s'assurer un maximum d'effets, elle chuchote à l'oreille de Léa :

— C'est lui, le pauvre crétin qui voulait me donner sa photo durant l'épreuve de skate.

Sa complice réagit exactement comme elle l'avait prédit, c'est-à-dire en ricanant un peu méchamment. Juste assez pour obtenir l'effet escompté : titiller la curiosité du garçon tout en contribuant à le faire sentir comme un moins que rien. Ça lui apprendra à sous-estimer les filles !

Annabelle choisit ce moment pour lui porter le coup de grâce :

— Si t'as envie de te faire humilier encore une fois, tu viendras skater avec mes amis pis moi. On se tient au skatepark de Rawdon. Ça va nous faire plaisir de te mettre une raclée !

Façon de parler, bien sûr. Annabelle n'a pas l'intention de se bagarrer avec une telle mauviette. À quoi bon en venir aux poings quand on peut écraser l'adversaire sur son propre terrain ?

— On verra ben…

— Pis nous ? Est-ce qu'on est les bienvenus ? ose demander l'un de ses amis.

— Certain ! Plus on est de fous, plus on est casse-cous !

9

S'il s'est efforcé d'oublier la manigance de son père durant la première vague pour se concentrer entièrement sur sa performance, une fois son *heat* passé, Mathis n'était pas moins impatient de découvrir ce qui l'avait poussé à se montrer si cachottier.

L'adolescent a donc profité de l'heure du dîner pour mettre les choses au clair avec lui, bien déterminé à comprendre les raisons de cette conspiration.

« Pas question que je passe l'éponge sans une excellente explication », s'est-il dit.

Tandis qu'il avance sur le quai ballotté par le sillage du planchiste qui le précède, Mathis rejoue leur conversation dans sa tête en attendant de pouvoir se remettre à l'eau. Même s'il sait pertinemment qu'il serait préférable de les chasser de son esprit, les mots échangés lui reviennent avec précision :

— Pourquoi tu m'as rien dit ?

— À propos de quoi ?

— Tu sais de quoi je parle, Rodrigue…

— Possible, mais je préférerais que ça vienne de toi.

Mathis a esquissé un sourire forcé.

— Des fois, on dirait que c'est moi le père, et toi l'enfant.

Rodrigue a haussé les sourcils, surpris par l'attaque. Mais il a laissé son fils poursuivre, sans même chercher à se défendre.

— Je comprends pas pourquoi tu m'as caché que tu voulais organiser la compétition ici… Et pourquoi tu m'as rien dit à propos de la manifestation ?

— Je voulais éviter de te mettre dans une situation délicate.

— Eh ben, c'est raté !

— Je sais… Mais je savais aussi que tu refuserais d'insister auprès de Ludovic pour qu'on utilise notre système de téléski durant l'épreuve de planche nautique, de peur de te mettre tes amis à dos.

— Ça fait que tu t'es dit que ce serait préférable de le faire sans m'en parler…

— Ta campagne de sensibilisation environnementale te tient tellement à cœur… Je pensais te rendre service.

— En me faisant perdre la face devant ma gang ?!

— C'était pour ton bien. Et pour le bien des lacs de notre région. Il y a encore un gros travail de sensibilisation à faire dans Lanaudière…

— Je sais tout ça, mais c'est pas une raison pour te mêler de ce qui te regarde pas.

— T'as du culot de dire que ça me regarde pas, après tout ce qu'on a fait pour t'encourager, ta mère et moi. Tu viendras pas me faire croire que t'étais pas fier d'entendre quarante élèves de ton école crier ton slogan pour appuyer ta cause!

Touché. Un à zéro pour Rodrigue. C'est à cet instant précis que Mathis a réalisé qu'il avait été un peu dur avec lui. Il a baissé les yeux pour s'excuser, quelque peu honteux :

— T'as raison, c'est vrai que vous en avez fait beaucoup, Sylvie et toi. Mais, la prochaine fois, j'apprécierais que vous m'en parliez au lieu de prendre des décisions qui me concernent sans me consulter.

Rodrigue s'est contenté d'acquiescer, l'air repentant. C'est ainsi que le père et le fils se sont réconciliés avant de retourner vaquer à leurs occupations chacun de leur côté. Ébranlés de s'être ainsi affrontés, mais soulagés d'avoir fait la paix.

Un coup sec au visage se charge de faire revenir Mathis sur terre, ou plutôt sur le quai de départ.

Ouch!

Mathis vient de se prendre le palonnier en plein front. Heureusement que l'objet en question est recouvert de mousse, sans quoi une belle ecchymose viendrait colorer son teint basané. Il se masse la tête en grimaçant, mais il sait qu'il n'a pas une seconde à perdre. L'opérateur du treuil mécanique — son père, en l'occurrence — attend un signe de sa part pour actionner le câble.

Il est un peu sonné, mais ça devrait aller. Mathis a la tête dure, et des nerfs d'acier.

Il lève un pouce en l'air avant de s'agripper à deux mains au vilain palonnier rembourré qui vient de l'attaquer.

— C'est un départ pour la deuxième ronde de Mat Simard !

La longue corde de dix-huit mètres se tend en l'entraînant sur l'eau. Il est propulsé vers l'avant et y prend goût, fermant les yeux pour savourer la caresse du soleil et du vent sur son front endolori, un bref instant.

Il a prévu commencer avec un *tail press**, puis improviser une sortie élégante suivie d'un *grab** ou d'un *tantrum** sur le *double kicker*, selon la vitesse et l'amplitude de son élan. Mathis rouvre les yeux et fléchit les genoux à l'approche du module que sa fidèle planche s'apprête à embrasser. Il balance son poids sur le pied arrière pour bondir sur l'obstacle flottant.

Il exécute sa figure avec succès et poursuit sa chorégraphie, encouragé par les applaudissements de ses amis.

À défaut d'avoir l'expérience et la technique nécessaires pour espérer faire une rotation de 1080° comme le grand Olivier Derome, Mat se sent d'attaque pour un *toeside frontside on axis*

540°*, une figure qu'il réussit une fois sur trois. C'est audacieux, mais le jeune planchiste est prêt à prendre le risque, ne serait-ce que pour repousser ses limites et, idéalement, parvenir à se démarquer.

Mathis s'élance, confiant. Il prend de l'altitude et s'apprête à entamer sa rotation, mais au moment où il effectue son *handle pass** en passant le palonnier derrière son dos, le câble s'immobilise brusquement, envoyant le planchiste valser quelques mètres plus loin.

Une rumeur s'élève parmi la foule rassemblée sur la rive.

— Le téléski est bloqué, remarque Loïc.

— OH, MON DIEU ! J'espère qu'il s'est pas fait mal…

Ophélie se couvre la bouche de ses mains, les yeux exorbités, impatiente de voir son amoureux se relever.

— Non, il a l'air correct, la rassure Annabelle en apercevant la tête de Mathis qui surgit à la surface de l'eau.

L'animateur fait signe au technicien de son — qui préfère se faire appeler « DJ » — de remettre la musique, le temps qu'on puisse déterminer la cause de ce curieux incident.

Léa relève le nez de son téléphone cellulaire pour demander :

— Qu'est-ce qui s'est passé ?

— C'est peut-être une panne d'électricité ? avance Xavier.

— S'il y avait une panne d'électricité, on n'entendrait plus la musique, pis l'animateur arrêterait de nous casser les oreilles avec son pseudo-rap de fond de ruelle, argumente Samuel.

— T'as raison…

En dépit de la chaleur et des coups de soleil, le rouquin redevient soudain très blême. Il fait signe à ses amis de se rapprocher façon « caucus super privé » pour leur chuchoter :

— Moi, je pense qu'on a affaire à un saboteur. Genre quelqu'un qui veut se venger de Mat… ou nuire à la compétition.

Annabelle ne se gêne pas pour le tourner en dérision :

— Ha ! Ha ! Xav, on t'a déjà dit que tu regardes beaucoup trop la télé ?

— Tu veux parier que j'ai raison ?

— Bah, pourquoi pas ?

— Je mise sur le Roux, annonce Fabrice.

— Moi, sur Bébelle, dit Sam, prévisible.

Tandis que Sam et Fabrice rigolent, Loïc s'en mêle :

— C'est n'importe quoi, vos histoires de complot. Moi, je pense que c'est juste un fusible qui a sauté…

BD semble assez sûr de son hypothèse pour aller en faire part à son frère, qu'il devine à bout de nerfs. Alors qu'il s'approche d'eux, il entend le Gros Landry demander à Ludovic :

— Qu'est-ce qui se passe, *man* ?

— Aucune idée ! Ramène-moi mon père tout de suite. Faut que je lui parle. C'est lui qui a patenté ce système-là, il doit bien savoir comment le réparer ! s'énerve Ludo, comme prévu.

— Capote pas. Je suis sûr que c'est rien de grave. De toute façon, Rodrigue est déjà en train d'arranger ça.

— M'en fout ! Va chercher mon père quand même.

— Oui, chef ! acquiesce Landry, sarcastique, s'exécutant malgré tout.

Pour se remettre de ses émotions, Mathis fait la planche sur l'eau. Il flotte à la surface du lac, tête vers le ciel, en prenant de grandes respirations. Ce vieux truc qu'il a découvert enfant a toujours eu un effet apaisant sur lui.

S'il espérait que l'épreuve de planche nautique lui procurerait une bonne dose de sensations fortes, Mathis ne s'attendait certainement pas à ce que la journée soit aussi chargée sur le plan émotif. Il est passé par une plus vaste gamme d'émotions en quelques heures qu'en un mois complet… et encore.

Il se souviendra toujours de ce 16 juin comme du jour où il a organisé (sans le savoir) sa première manifestation écologique, provoqué sa première bagarre (sans le vouloir… enfin, peut-être un peu) et déclenché sa première dispute avec Ophélie, sa première vraie petite amie.

Et comme si ce n'était pas suffisant, il s'en souviendra aussi comme de la fois où le système de téléski nautique a choisi le pire moment qui soit pour connaître sa première défaillance technique.

Mais, surtout, il souhaite s'en souvenir comme du jour où il aura remporté sa première compétition. Une grosse récompense pour « compenser » les petits malheurs de la journée.

Ne lui reste plus qu'à espérer qu'il sera parmi les favoris du jury et qu'il parviendra à se qualifier en finale malgré l'incident. C'est ce qu'il découvrira à la fin de la deuxième vague, quand tous les participants auront bouclé leur deuxième enchaînement.

Les dés sont jetés.

10

La chanson *Out of My League* du groupe Flitz & The Tantrum prend d'assaut les haut-parleurs, au grand bonheur des jeunes qui se trouvent dans l'assistance. Certains parents moins coincés se permettent même de se trémousser devant leur progéniture qui roule les yeux, désespérée. Cette situation inversée en amuse quelques-uns, qui ne se gênent d'ailleurs pas pour immortaliser le moment sur leurs téléphones cellulaires.

Après la fin de la deuxième vague et l'annonce des participants s'étant qualifiés en finale, la compétition se déroule à un rythme d'enfer. C'est tout juste si Mathis et Loïc prennent le temps de se féliciter mutuellement pour leur double qualification tant espérée.

Le dernier *heat* est passé en un éclair, mais les deux planchistes amateurs ont l'intime conviction de s'être surpassés.

Une table de jardin et deux chaises ont été alignées sur le terrain des Simard-Aubin en guise de podium improvisé.

— Ça me fait de la peine de vous l'annoncer, mais la compétition multidisciplinaire « Planches d'enfer » est officiellement terminée.

La foule chahute bruyamment pour manifester son mécontentement. L'annonce de l'animateur ne fait visiblement pas l'unanimité.

— Encore! Encore! Encore!

— Hé! Hé! Vous êtes beaux à voir!

Il se racle la gorge avant d'ajouter :

— La bonne nouvelle, c'est qu'on va connaître aujourd'hui le pointage accordé par le jury… Les résultats de l'épreuve de wake devraient s'afficher au tableau d'ici quelques minutes, vous pouvez déjà sortir les chapeaux de fête et les flûtes!

Décidément, l'animateur est un sacré farceur. Le seul problème, c'est que personne ne semble s'amuser de ses petits mots d'esprit, à part lui.

Il poursuit :

— La troisième position revient à un participant qui a vraiment tout donné et qui aurait facilement pu obtenir la deuxième, et peut-être même la première position, s'il avait pas autant manqué de précision… et s'il avait pas été victime d'un petit incident hors de son contrôle. N'empêche que le jury a été fortement impressionné par la puissance de ses *back roll**. Et j'ai nommé Mathis Simard-Aubin, notre sympathique hôte de la journée.

Mathis ne s'attendait tellement pas à grimper sur le podium qu'il n'écoutait que d'une oreille (l'autre étant occupée à s'emplir de musique). Ophélie lui plaque un bisou sur la joue pour le faire redescendre sur terre tandis que l'animateur reprend la parole :

— Le planchiste qui mérite la deuxième position était à un point de remporter la victoire… On peut dire qu'il est vraiment passé à un cheveu de la première place, même s'il n'a aucun poil sur le coco… J'ai nommé : Adam Grégoire !

L'élève de Félix-Léclair ne se donne même pas la peine de cacher sa déception. On lui apprendrait qu'il est condamné à manger des navets bouillis par le nez pour l'éternité qu'il aurait l'air nettement moins dégoûté.

— Voyons ! Il est ben mauvais perdant, lui ! note Annabelle. Une deuxième place, ça se prend bien.

— Oui, mais… il était à un point.

— Je sais, mais quand même !

— Chut ! Il va annoncer la première place.

Comme de fait, l'animateur réclame le silence. Le public est si dissipé qu'il est forcé de crier :

— ASSEZ !

Ce mot ayant pour effet de calmer légèrement les ardeurs, il déclare d'un ton solennel :

— J'ai l'immense plaisir de vous annoncer que le grand gagnant de l'épreuve de *freestyle wakeboard* est...

Maintenant, plus personne n'ose parler. Les spectateurs sont tous sur le qui-vive, impatients de connaître l'identité du meilleur concurrent.

— LOÏC BLOUIN-DELORME, ALIAS BD!

Une gifle n'aurait pas eu moins d'effet sur celui qu'on vient de nommer.

Annabelle aurait envie de lui sauter au cou, mais elle doute que son nouvel amoureux approuve cet élan d'enthousiasme.

— Réaction à partager avec nous au micro? demande l'animateur en dirigeant l'objet vers le visage du champion de planche nautique.

— Euh... ben, je suis vraiment content, résume Loïc, bien que ces quelques mots ne rendent aucunement justice au cocktail d'émotions qu'il ressent en ce moment très important.

— Mais ce n'est pas tout! On a encore une tonne de surprises pour vous! Ben... surtout pour les participants, en fait. C'est maintenant l'heure du dévoilement des prix, dont le fameux grand prix mystère qui sera remis aux grands vainqueurs de la compétition «Planches d'enfer». L'équipe gagnante sera évidemment celle qui aura accumulé le pointage le plus élevé pour l'ensemble des épreuves de la compé.

— Avec un total de quinze points, la troisième position, toutes épreuves confondues, revient à l'équipe des Fous braques de l'école Félix-Léclair. Vous pouvez être fiers !

Les trois planchistes en question bondissent sur leurs pieds en hurlant comme des fous pour prouver qu'ils n'ont pas choisi le nom de leur équipe à la légère. Tout aussi déchaînés qu'eux, leurs supporteurs ne se gênent pas pour exprimer leur fierté dans un tapage infernal. Ce petit spectacle a pour effet de dérider les autres spectateurs qui les applaudissent chaleureusement.

— Encore une fois, la lutte était très chaude entre la deuxième et la première position. Juste deux p'tits points de différence entre les bons et les grands champions ! *No offense*, les *boys* ! Je voudrais surtout pas m'attirer d'ennuis. J'ai intérêt à faire attention à ce que je dis, parce que les gars dont je vous parle sont vraiment *bad*. J'aimerais voir sur le podium les Truands des Cascades.

Cette fois, c'est au tour de Ludovic de pousser un cri de victoire à s'en décrocher la mâchoire. Il s'empresse de féliciter ses amis d'une accolade virile qu'ils lui rendent volontiers. Kevin « le Gros » Landry, Jacob « Voyou » Voyer et Phil « Gangster » Gagnon vont se placer devant la chaise représentant la deuxième position.

— C'est maintenant le moment d'annoncer l'équipe qui a le plus fortement impressionné notre jury. Les trois riders se sont hissés au premier rang grâce à leur constance, à leur passion et, évidemment, à leur grand talent. On prédit à ces trois redoutables recrues un avenir brillant. J'appelle donc les… ThreeSixters!

Annabelle n'en croit tellement pas ses oreilles qu'elle ne se gêne pas pour crier dans celles de ses amis :

— QUOI? C'EST TROP FOU!!!

Elle se jette dans les bras de Sam, folle de joie.

C'est tout juste si l'animateur-pseudo-rappeur attend que les grands vainqueurs soient réunis devant lui pour annoncer avec beaucoup trop d'emphase :

— J'ai l'iiiiimmense bonheur de vous annoncer que vous gagnez un voyage toutes dépenses payées à…

Il marque une pause, histoire d'accentuer l'effet de suspense et de tester leur patience déjà rudement éprouvée.

— … Marseille, en France!

Effet réussi. Annabelle est aussi bouche bée par cette annonce extraordinaire que ses deux coéquipiers. L'animateur en profite pour préciser :

— On vous offre des billets V.I.P. pour assister à la fameuse Sosh Freestyle Cup, l'une des huit étapes de la Coupe du monde de skateboard… Et le plus beau dans tout ça, c'est que vous aurez pas le temps de vous ennuyer d'ici là parce que l'événement se tiendra du 20 au 24 juin, donc de mercredi à dimanche prochain !

— Wow… C'est bientôt, ça, les amis ! réalise Sam, abasourdi.

Son meilleur ami, à ses côtés, prend alors conscience d'un léger souci :

— J'ai même pas de passeport.

— Moi non plus, renchérit le frisé.

— Comment on va faire, d'abord ? Le départ est dans quatre jours !

— Non, trois, rectifie Fabrice. Vous devez partir le 19 pour être là le 20.

— Hein ? Ça prend une journée complète, en avion ?!

— Meuh non ! Faut pas exagérer, quand même. Les vols pour l'Europe partent généralement le soir. Alors, en principe, vous y serez le matin, juste à temps pour aller déguster vos premiers vrais croissants !

— Mais… vous allez manquer les examens de fin d'année, s'empresse de faire remarquer Xavier.

— Pas grave, dit BD. Mon frère s'est sûrement arrangé avec la direction pour qu'on puisse reprendre les examens qu'on aura manqués durant l'été.

— Vous allez manquer aussi la pièce de théâtre de fin d'année…, note Ophélie, quelque peu déçue.

Mais, ça, c'est bien le dernier de leurs soucis !

Ludo les rejoint, le visage illuminé d'un sourire radieux. Il se tourne vers Loïc pour clamer haut et fort :

— En tout cas, je suis vraiment fier de toi, l'frère !

— Ah ben… euh… merci, répond BD, surpris.

— Allez, viens ici, ordonne son aîné qui l'attire vers lui et achève de le surprendre en lui donnant une accolade virile, mais sincère.

Un peu secoué, Loïc en profite pour lui confier :

— M'man était là durant la compétition. Elle nous regardait.

— Hein ? De quoi tu parles ?

— Elle a fait tomber une palme dans l'eau…

— Arrête de niaiser, c'est pas drôle.

— Je niaise pas ! Pourquoi je mentirais avec ça ?

— OK… c'est arrivé quand ? demande Ludo, suspicieux.

— Pendant que j'attachais mes fix[17], juste avant le départ pour mon dernier *heat,* en finale. J'ai entendu un gros plouf ! et j'ai vu une palme couler au fond. L'autre est restée sur le quai.

— Je vois pas ce qu'il y a d'étrange là-dedans. Quelqu'un l'a fait tomber, c'est tout.

---

17 Diminutif de « fixations ».

— Il y avait personne autour. Et moi j'étais trop loin pour l'accrocher.

— T'es sûr que t'as pas imaginé ça? Moi, je pense que t'as avalé trop d'eau du lac, ça te donne des hallucinations… Ou ben c'est la victoire qui te monte à la tête.

— C'est ça, crois-moi pas! T'écoutes jamais ce que je te dis, de toute façon.

— C'est pas vrai.

Lucas arrive en coup de vent et les interrompt pour féliciter son frère. Pas l'organisateur, l'autre: le grand gagnant de l'épreuve d'aujourd'hui, celui dont il est le plus fier. Le format réduit (ou mini-sosie des deux autres) vient s'immiscer dans leur conversation:

— De quoi vous parliez?

— De rien, répond prestement BD, tout en restant poli.

On ne peut pas en dire autant de Ludovic qui, lui, lance d'un air arrogant:

— C'est pas de tes affaires, le nain.

Mais il est aussitôt pris de remords en voyant Lucas repartir la tête basse.

— Attends! C'est pas vrai que ça te regarde pas… On parlait de maman, ça te concerne autant que nous.

Le plus jeune des quatre frères se retourne, incertain.

— Allez, viens par ici, insiste Ludovic en l'attirant vers lui.

Et c'est ainsi que se termine la compétition multidisciplinaire «Planches d'enfer»: par un gros câlin viril entre frères. L'organisateur, le vainqueur et leur admirateur.

11

Au beau milieu du terrain des Simard-Aubin, le feu crépite allègrement comme s'il cherchait à voler la vedette aux instruments qui composent leur petit concert privé de fin de soirée. Être au centre de la fête ne lui suffit pas ; il veut toute l'attention. Mais que voulez-vous ? Les feux de joie ont la réputation d'être d'incorrigibles égocentriques ; c'est comme ça, on ne les changera pas.

Le visage rougi par la chaleur des flammes, les grands vainqueurs de la compétition « Planches d'enfer » savourent leur victoire en compagnie de leurs parents et amis. Annabelle, Léa et Ophélie tanguent au rythme de la musique sous le regard amusé des garçons, qui se contentent de battre des mains pour marquer la cadence.

Rodrigue est à la guitare, Sylvie, au ukulélé, Jade, au banjo, et Mathis tambourine gaiement sur son djembé. Les adolescentes se sont quant à elles partagé le triangle, les maracas et les claves, bref, les instruments qui ne requièrent pas de talent particulier.

Il ne fait aucun doute que le jam envoûtant qui bat son plein ce soir restera longtemps gravé dans leur mémoire. Toutes les personnes réunies autour du feu de camp sont conscientes de vivre un moment unique, voire magique.

Des lanternes et des chandelles à la citronnelle ont été dispersées à la ronde, si bien qu'à vol d'oiseau, le terrain des Simard-Aubin pourrait ressembler à un ciel étoilé ou à un boisé peuplé de lucioles.

Le spectacle est tout aussi beau vu du plancher des vaches que d'en haut. Les jeunes et les moins jeunes (pour ne pas dire les vieux…) s'emplissent les oreilles de décibels, décuplés par l'écho. Le moins qu'on puisse dire, c'est que la famille Simard-Aubin sait fêter, n'en déplaise aux voisins.

Entre deux chansons, Rodrigue lève son verre.

— L'école finit dans quelques jours à peine… Ça veut dire : vacances d'été et pas mal de temps pour en profiter, commence le barbu avant d'être interrompu.

En effet, son fils et ses amis ne se gênent pas pour manifester leur joie à l'évocation de ces beaux jours à venir. Sam se met à hurler comme un loup à la lune, déclenchant automatiquement l'hilarité chez ses fidèles alliés. Annabelle lève les yeux au ciel, ce qui n'échappe pas à Léa.

Rodrigue attend que le calme revienne pour continuer :

— Je reconnais que notre système de téléski nautique a encore besoin de quelques petits ajustements, mais, Michel et moi, on est pas mal satisfaits de son fonctionnement ! Grâce aux conseils de la famille Derome, on va pouvoir l'arranger pour qu'il soit presque parfait.

— Ça, on va le croire quand on va le voir ! rigole Mathis.

— C'est une promesse, mon fils. D'ailleurs, je tiens aussi à ce que vous sachiez que vous pouvez venir vous entraîner ici quand vous voulez, même en notre absence, à condition qu'il y ait un adulte pour vous surveiller. Vous êtes tous les bienvenus chez nous, en tout temps !

Sylvie est d'abord tentée de foudroyer son mari du regard pour lui reprocher son initiative. Depuis quand se permet-il d'inviter des gens chez eux sans même la consulter ? Mais elle finit plutôt par acquiescer d'un hochement de tête en esquissant un sourire.

Après tout, Rodrigue et Michel ont mis tant d'énergie à construire ce système de téléski qu'il serait dommage que les jeunes n'en fassent pas plein usage.

— J'aurais aussi une annonce à faire à mes enfants…

— On t'écoute! s'enthousiasme Jade, la sœur de Mathis, en s'imaginant une foule de beaux scénarios.

— Votre mère et moi, on commence déjà à planifier nos vacances d'été. On vient tout juste de s'entendre sur la destination… Ça n'a pas été facile de se mettre d'accord, mais on pense avoir trouvé un compromis pour faire plaisir à tout le monde. C'est un pays qu'on a visité dans les cinq dernières années. Je vous laisse deviner lequel.

Mathis déglutit péniblement en pensant: «Si on retourne en République dominicaine, je risque de revoir Flora… Faudra que je lui explique pourquoi j'ai arrêté de lui écrire.»

Il se tourne vers Ophélie en lui adressant un sourire crispé qu'elle interprète comme une invitation à se rapprocher.

— La Thaïlande? suggère Jade, pleine d'espoir à l'idée de retourner dans son pays d'origine.

— Non, pas cette année, ma chouette… C'est trop loin, on n'en a pas les moyens, se désole Sylvie.

Mathis fait l'inventaire mental des pays visités au cours des dernières années: «République dominicaine, Costa Rica, Cuba, États-Unis, Mexique…» Pour une raison qui lui échappe, cette dernière destination lui semble la plus plausible.

— Mexique?

— ¡ *México, sìììììì!* ¡ *Puerta Vallarta, Guada-lajara, et cetera!* s'exclame Rodrigue en forçant un peu trop la note sur l'accent espagnol.

Il faut l'excuser de se réjouir autant. C'est qu'il commençait à sérieusement regretter son petit jeu de devinette, après la déception monumentale de sa cadette… Par chance, Mathis est soulagé et toute la famille semble satisfaite, même Jade qui garde un excellent souvenir de son ascension d'une célèbre ruine maya dont elle a oublié le nom.

— La dernière fois, nous avons longé le golfe du Mexique. Cette fois-ci, nous irons plutôt nous promener du côté du Pacifique, explique Sylvie.

De son « côté », Fabrice ne se gêne pas pour rouspéter (son sport préféré) :

— C'est pas juste-eu! Tout le monde part en voyage cet été, sauf moi.

Sam le remet rapidement à sa place :

— Ben là… t'es pas à plaindre. T'as passé le temps des fêtes dans les Alpes !

— J'étais dans les Pyrénées, pas dans les Alpes.

— Ça revient au même. T'étais en voyage.

— Ouais, mais ça fait déjà six mois…

— Oh, tu fais teeeeellement pitié ! s'exclame Annabelle, s'amusant aux dépens du Français.

Ce dernier plisse les yeux, agacé d'être la cible des moqueries de ses amis. De quel droit se permettent-ils de rire de lui ?

— Eh bien, je vous ferais remarquer que c'est grâce à mon père que vous allez assister à la Sosh Freestyle Cup, à Marseille-eu.

— Ah oui?

— Mais oui, qu'est-ce que vous croyez? Il est pas tombé du ciel, ce grand prix mystère-eu! C'est grâce à mon vieux. Il a de l'influence, il connaît presque tout le monde en Provence.

— Cool. Tu le remercieras de notre part! s'empresse de répondre le frisé avant de s'évader dans ses pensées.

Le visage illuminé d'un sourire à un million de dollars, Sam se dit qu'aujourd'hui est sans contredit le plus beau jour de sa vie. Il a du mal à réaliser qu'il n'est pas en train de rêver, tellement tout ce qui lui arrive semble trop beau pour être vrai. Non seulement son équipe s'est vue couronnée du grand prix après avoir obtenu la première place au classement de «Planches d'enfer», mais il s'apprête à vivre son premier voyage en compagnie de sa première petite amie.

«C'est juste trop fou!» se répète-t-il sans arrêt avec l'impression d'être le roi du monde.

Sam est pris d'une folle envie d'embrasser Annabelle, mais il se contente de lui lancer un regard séducteur (comme il s'y est si souvent entraîné devant son miroir) en espérant que le résultat sera aussi concluant et, surtout, en priant pour déceler dans les yeux de sa bien-aimée un signe quelconque pour l'encourager à se rapprocher.

Samuel profite de l'ambiance intime créée par la lumière diffuse qu'émettent les flammes pour chercher la main d'Annabelle. Il s'avance, d'abord hésitant, puis se décide à l'attraper franchement. Leurs doigts s'entrelacent sans que sa belle cherche à s'en défaire. Le cœur du frisé bondit dans sa poitrine alors que sa copine détourne son regard du feu pour lui sourire. Il croit percevoir des étincelles dans son regard, mais quant à savoir si ses yeux brillent pour (ou grâce à) lui, il ne serait pas prêt à en mettre sa main au feu.

Sam réalise qu'il n'a plus besoin d'observer Annabelle à la dérobée, en vitesse, de peur d'être vu. Maintenant qu'il lui a avoué ses sentiments et qu'elle a répondu à ses avances, il peut se permettre de la regarder tant qu'il veut, sans risquer d'être démasqué.

En fait, il pourrait même crier son amour sur les toits, tellement sa présence lui donne des ailes.

Bon. Ça n'empêchera pas forcément ses amis de se moquer. Ludovic ne se gêne d'ailleurs pas pour le prouver :

— Voyons, Bozo, t'as pogné le fixe ou quoi ?

— Hein ?

— Qu'est-ce que tu regardes, comme ça ?

— Euh… rien.

— Ta blonde, c'est pas rien.

— Non, non. C'est pas ça que je voulais dire ! Disons que… je pensais à tout ce qui s'en vient.

La promesse de moments grandioses. De journées à skater et à s'entraîner sur leur treuil mécanique semi-privé. De soirées à jaser autour du feu et à se faire peur en se racontant des histoires d'horreur. Des nuits à dormir à la belle étoile. Façon de parler, puisque les mouches noires et autres insectes voraces de la région les contraignent à dormir sous une tente… à moins de vouloir leur servir de buffet.

*

Quand vient le temps d'aller dormir, la petite bande se charge de monter le camp en deux temps trois mouvements. Les filles ont obtenu de leurs parents la permission de camper sur le terrain des Simard-Aubin à condition que le père et la mère de Mathis veillent à ce qu'ils fassent « tente à part ».

— Ça va de soi, a assuré Sylvie en adressant un clin d'œil de connivence à la mère d'Annabelle.

Grâce à leur écrasante victoire à « roche, papier, ciseaux », Annabelle, Léa et Ophélie sont parfaitement à leur aise dans la tente (un peu trop) spacieuse qui leur revient. On ne peut pas en dire autant des cinq garçons, qui se retrouvent entassés dans un abri rudimentaire en toile kaki semblant dater de la Première Guerre…

— On devrait aller voir ce qu'ils font, propose Léa d'un air malicieux qu'Annabelle connaît
trop bien.

— Non. Mauvaise idée, tranche cette dernière, catégorique.

— Pourquoi ?

— Des plans pour que ma mère l'apprenne,
qu'elle le dise à la tienne et qu'elles nous im-
plantent des GPS de force pour pouvoir nous
surveiller en permanence.

— Ha ! Ha ! Tu trouves pas que t'exagères,
Nana ? demande Léa en éclatant d'un rire si
contagieux que les deux autres filles succombent
à leur tour.

N'empêche qu'Annabelle a bien eu sa
leçon, après sa visite dans la chambre des garçons durant le voyage de ski au Massif de
Charlevoix, au cours de la semaine de relâche[18]. Avoir ses deux parents sur le dos en
plus de la directrice pour une inoffensive bataille d'oreillers (bataille MIXTE, il ne faut
pas l'oublier) l'a suffisamment traumatisée
pour qu'elle n'ait pas envie de retenter l'expérience, version camping. L'été commence en
beauté ; ce serait dommage de le gâcher en se
retrouvant privée de sorties jusqu'à la
rentrée !

---

18 Voir *Planches d'enfer, Loïc : 720°*.

Pendant ce temps, l'oreille collée contre la toile dans l'espoir de saisir les bribes de leur discussion, Sam demande à ses amis leur avis :

— De quoi vous pensez qu'elles parlent ?

— Qui, ça ?

— Les filles, dans la tente à côté. On les entend rire depuis tantôt.

— Bah, elles doivent parler de trucs de nanas, suppose Fabrice-le-macho.

— Comme ?

— Je sais pas, moi. De vernis à ongles, de la coupe de cheveux de leur chanteur rock préféré ou…

— De nous ! ajoute Sam, optimiste.

— Il y a qu'une seule façon de le savoir, c'est d'aller voir ! déclare Fabrice.

Emballé par l'idée, Xavier s'empresse de proposer :

— OK, mais on leur fait peur !

— Bonne idée ! s'enthousiasme Sam à son tour.

Tout prétexte est bon pour voir sa belle une dernière fois avant d'aller dormir. Le sourire fendu jusqu'aux oreilles, il relève la capuche de son coton ouaté sur sa tête pour dissimuler son visage du mieux qu'il peut, puis encourage sa bande à faire de même. Quand les cinq garçons ont pris leur look de cambrioleur — prêts à donner la frousse de leur vie aux trois filles —, Samuel ouvre la fermeture à glissière avec précaution et sort de la tente, un doigt posé sur les lèvres pour imposer le silence à ses amis.

Il n'y a pas à dire, le frisé ne fait pas les choses à moitié.

Sous son commandement, l'escouade tactique s'extirpe de l'abri kaki trop petit pour aller encercler la tente voisine. Fabrice et Xavier se postent à l'arrière, Mathis et Loïc, sur les côtés, et Sam se réserve une place de choix à l'entrée.

Les filles sont étrangement muettes. Peut-être se sont-elles endormies...

Au signal du frisé (un sifflement censé imité un hululement de hibou), les cinq farceurs commencent à faire trembler la tente dans un synchronisme douteux mais efficace.

Un cri strident déchire la nuit, bientôt suivi d'un deuxième, encore plus aigu que le premier. Léa et Ophélie. Si les garçons voulaient les effrayer, c'est réussi. Il n'y a qu'Annabelle qui ne réagit pas tout à fait comme prévu :

— Vous êtes vraiment caves, les gars ! leur reproche-t-elle en riant (jaune).

La maison des Simard-Aubin s'illumine et le visage de Rodrigue apparaît à la fenêtre.

La blondinette à rastas se prend la tête à deux mains en pensant : « Ouais, ben… pour la discrétion, on repassera. »

12

Lundi. Premier jour de la dernière semaine d'école… pour les autres, du moins, car le trio formant l'équipe des ThreeSixters n'a plus que deux petites journées de supplice scolaire à endurer avant ces deux mois de liberté qui commenceront en beauté avec un voyage à Marseille, toutes dépenses payées. La grosse vie, quoi!

Malgré la chaleur accablante qui rend toute tentative de concentration quasi impossible, Samuel a terminé son examen de sciences en avance. Il faut dire que la soirée de révision que le frisé s'est farcie en compagnie de son grand frère l'a grandement aidé à ne pas se planter.

Puisqu'il ne reste qu'une dizaine de minutes avant la fin de la période allouée à l'épreuve de fin d'année, il a décidé d'attendre ses amis en classe plutôt que d'aller vagabonder dans les couloirs déserts.

Après tout, il y a bien mieux à faire ici qu'ailleurs.

Sam retient son souffle depuis 22… 23… 24… 25… 26… 27… 28… secondes sans même s'en rendre compte. Toute son attention est concentrée sur la plus délicieuse des visions : Annabelle, ou plutôt sa nuque, dévoilée par le chignon qui retient lâchement ses mini-rastas blondes parsemées de mèches bleues. Elle porte une camisole ample qu'il devine vert kaki même s'il la voit orange brûlée à cause de son daltonisme[19]. De toute façon, il se fout bien de la couleur. Tout ce qui lui importe, c'est de laisser ses yeux s'égarer sur ses épaules hâlées et le long de son échine en pensant : « Wow ! J'ai la plus belle blonde au monde. »

Même s'il n'y a que durant le cours de sciences qu'il peut véritablement se rincer l'œil, étant assis derrière la belle plutôt qu'au premier rang comme le veut l'ordre alphabétique, le jeune Blondin doit reconnaître qu'être dans le même groupe de deuxième secondaire que sa copine comporte certains avantages. Comme celui de pouvoir admirer autre chose que le paysage. Il espère que le hasard jouera encore en sa faveur l'an prochain ; il commençait à peine à savourer pleinement ce privilège…

Et il le savoure avec un peu trop d'intensité, visiblement, car Maryse Chevalier vient lui souffler :

— Samuel, es-tu dans la lune ou bien sur Vénus ?

---

19 Anomalie de la vue qui altère la perception des couleurs.

— Hein?

Samuel a beau retourner la question dans sa tête, il n'a pas la moindre idée de ce qu'il devrait répondre à la jolie prof de sciences pour la simple raison qu'il ne comprend pas ce qu'elle veut dire.

« Sur Vénus. C'est quoi, le rapport?! »

Son silence le trahit… À moins que ce ne soit son regard de merlan frit… ou le cliquetis imaginaire que fait la roue de son hamster mental en tournant. Quoi qu'il en soit, Samuel ne répond rien, intimidé par le regard amusé de Mme Chevalier, qui se charge d'expliquer:

— Vénus est la planète de l'amour parce qu'elle doit son nom à la déesse de l'amour et de la beauté. Tu m'avais plus l'air sur Vénus que dans la lune. Je me trompe?

— Euh…

— Pas besoin de me répondre, ton regard dit tout. Par contre, si tu as terminé ton examen, je te demanderais d'aller attendre à l'extérieur du local.

Sam s'apprête à se lever et à ramasser ses affaires pour quitter la pièce, à contrecœur, quand la voix de la directrice prend d'assaut l'interphone:

— Bonjour à toutes et à tous. Je suis désolée d'interrompre vos examens, mais je vous promets que je serai brève. Vous avez sans doute remarqué qu'il fait particulièrement chaud dans

l'école aujourd'hui. Notre système de climatisa-
tion a rendu l'âme cette nuit, hi hi! Nous faisons
notre possible pour régler le problème dans le
courant de la journée, mais nous vous deman-
dons d'être patients.

Quelques protestations s'élèvent dans la
classe de sciences (et dans les autres classes aussi,
sans doute). Mme Richard poursuit:

— J'en profite également pour féliciter
Samuel Blondin, Loïc Blouin-Delorme et Annabelle Poitras de l'équipe des ThreeSixters, grands
gagnants de la compétition «Planches d'enfer».
Je n'ai malheureusement pas pu assister à la finale, mais je tenais à leur souhaiter un excellent
voyage en France.

Une salve d'applaudissements suit ces paroles, au grand bonheur des principaux intéres-
sés. Seule Chanel paraît embêtée de l'attention
que récoltent les gagnants. Miss populaire est
tellement habituée à être le centre d'intérêt
qu'elle en perd tous ses repères, ne trouvant rien
à dire pour les discréditer.

Sam bondit sur ses pieds pour saluer à la
façon des acteurs de théâtre, histoire de faire une
sortie remarquée. Il quitte le local et s'assoit à
même le sol, tout près de la porte, avant de se
laisser aller à rêvasser au merveilleux été qui l'attend. Il devrait profiter de ce moment pour réviser son exposé oral d'anglais, mais il est tellement

impatient de quitter le pays en compagnie de sa copine et de son meilleur ami qu'il ne parvient nullement à se concentrer. Il faut dire que la chaleur suffocante ne fait rien pour l'aider…

Moins de cinq minutes plus tard, Annabelle sort à son tour du local. Elle s'assoit par terre à ses côtés pour se plaindre de l'examen de sciences qu'elle a trouvé particulièrement difficile. En voyant la feuille posée sur les genoux du frisé, elle lui demande :

— Tu as choisi quelle chanson pour ton exposé oral, en anglais ?

— Une toune que j'écoute souvent pour rider. J'adore ce groupe-là.

Sam lui tend une feuille de papier en lui faisant un clin d'œil charmeur qui détonne avec son humeur. Annabelle y lit le titre *Fell In Love With A Girl* des White Stripes, accompagné des paroles et de leur traduction (faite par lui-même) :

Fell in love with a girl / Je suis tombé en amour avec une fille

Fell in love once and almost completely / Tombé en amour une fois et presque complètement

She's in love with the world / Elle est en amour avec le monde

but sometimes these feelings / mais parfois ces sentiments

can be so misleading / peuvent être tellement trompeurs

Annabelle en a assez lu. Elle relève les yeux
du texte (dans lequel elle se reconnaît, malgré
elle) pour planter son regard impitoyable
dans celui de son copain.

— C'est une blague, j'espère ?

— Euh… non. C'est vraiment une bonne
chanson pour rider.

— Peut-être, mais c'est une chanson qui
parle d'amour !

— Et ?

— Franchement, Sam ! Me semble que
c'est évident. D'après toi, qu'est-ce que les
autres vont penser en écoutant ton exposé ?

— Sûrement pas grand-chose. Il y a jamais
personne qui écoute.

— Peut-être, mais j'aime mieux pas
prendre le risque.

— Prendre le risque de QUOI ? C'est moi
qui vais parler. Pas toi !

— Je voudrais pas que les gens pensent
que t'as choisi cette chanson-là pour
moi…, avoue-t-elle enfin, vaguement embarrassée.

— C'est censé être un secret ? Je pensais
pas que ça te dérangeait à ce point-là que les
autres apprennent qu'on sort ensemble…

Sam réalise qu'il a involontairement haussé le ton et que sa voix a porté bien plus loin qu'il ne l'aurait voulu. Une poignée d'élèves le dévisagent, sourire en coin, curieux de connaître le fin mot de l'histoire (qui n'est en fait qu'à ses débuts…)

Le frisé entend un ricanement mesquin derrière son dos, mais il n'a même pas besoin de se retourner pour en déterminer la provenance. Il lui suffit de renifler l'horrible parfum que ses pauvres narines parviennent à détecter malgré la distance, une fragrance sucrée à outrance que son odorat a été conditionné à détester.

Cocotte Chanel. L'unique fille qu'il ne peut tout simplement pas sentir.

La chipie se fait d'ailleurs un plaisir d'en rajouter :

— Oooh, c'est trop mignon ! Je me sens *tellement* privilégiée d'assister à leur première chicane de couple !

— Moi aussi, approuve faiblement Marion, plus par habitude que par réelle conviction.

Annabelle a le réflexe de s'éloigner de Sam pour répliquer :

— C'est drôle, on dirait plutôt que vous êtes jalouses…

— Jalouse ? Moi ? !

Une main calée sur la hanche, Chanel hausse un sourcil, fidèle à son attitude « j'suis pas mannequin, mais je connais toutes les poses parce que j'écoute religieusement la prochaine top-modèle américaine à Musique-Plus ». Impressionnant...

— Ben oui, toi ! Pis ton ombre aussi, grogne Annabelle en pointant Marion du menton.

Celle-ci porte un pantalon noir et un chandail rayé qu'on croirait emprunté (ou, pire, volé) à un mime parisien. Et c'est sans parler de ses longs cheveux ébène qui contrastent avec son teint blafard lui donnant des airs de descendante de la famille Addams[20]. On est bien loin de la Marion qui exhibait fièrement ses marques de bronzage au début de l'année, au retour de son voyage familial à Disney. Celle qui a toujours vécu dans l'ombre de sa meilleure amie semble prendre son rôle un peu trop au sérieux ; elle ne demande qu'à disparaître, à en croire la lueur de panique qui passe dans ses yeux.

« Besoin de vacances, Marion ? » pense Annabelle, attendant une réaction qui ne tarde pas à venir :

---

20 *The Addams Family,* célèbre série télévisée américaine ayant fait l'objet d'une adaptation cinématographique.

— Pourquoi on serait jalouses de toi ? Je vois aucune raison de t'envier, aboie Chanel façon caniche royal offusqué.

— Euh… parce que, toi, t'as même pas de chum avec qui t'engueuler !

Annabelle est consciente de la faiblesse de sa riposte, mais comme la télécommande mentale et sa fonction «retour en arrière» n'ont toujours pas été inventées, elle met toutes les chances de son côté en la foudroyant de son regard le plus hargneux. Bonjour, crédibilité !

Pour essayer de se réchapper, Annabelle pousse même l'audace jusqu'à embrasser Sam devant elles dans un geste spontané qui n'est pas sans faire le bonheur du frisé.

Marion se porte naturellement à la défense de son amie (et idole incontestée) en affirmant d'une voix peu assurée :

— Moi, je dis qu'ils cassent d'ici la fin de l'année.

— Pfft ! Moi, je leur donne même pas une journée, renchérit Chanel de son éternel ton méprisant avant de claironner haut et fort, pour tous les curieux : les paris sont ouverts !

Puis elle tourne les talons et claque des doigts pour inviter son acolyte à la suivre, comme le ferait une maîtresse avec son fidèle chien-chien. Et elles repartent comme elles sont arrivées : dans un nuage de parfum.

Lorsqu'elles disparaissent au détour du couloir, Annabelle ne peut s'empêcher de penser que ces deux filles doivent forcément s'inspirer des filles populaires dans les mauvais films pour ados. Après tout, elles n'ont manifestement pas assez d'imagination pour se trouver d'elles-mêmes une certaine dignité.

— Écoute-les pas. T'sais, depuis quand Chanel et Marion ont raison ?

— Depuis… jamais ?

— En plein dans le mille. Et tu sais ce que ça veut dire ?

— Euh… non. Quoi ?

— Que t'es pognée avec moi pour très, très longtemps !

Sam en profite pour encercler Annabelle de ses deux bras en resserrant son étreinte comme un anaconda qui étouffe son futur repas. Sa technique s'avère pour le moins efficace, puisque sa chère Shakira junior s'esclaffe d'un rire nerveux avant de le supplier de la relâcher.

Ce que Sam perçoit comme un pur moment de complicité avec sa bien-aimée, elle le reçoit comme une atteinte à son intimité. Elle a beau se dire que les deux chipies seraient prêtes à inventer n'importe quoi pour la provoquer, Annabelle ne peut néanmoins s'empêcher de penser que Chanel et Marion ont sans doute

raison de croire que sa relation avec Sam n'est
pas faite pour durer…

Mais seul l'avenir le dira.

13

Le soir même, Annabelle profite du fait que sa mère et son beau-père sont sortis faire des courses pour flâner sur Internet, malgré le « quota familial » d'une heure d'ordinateur par jour largement dépassé. Elle sait qu'elle devrait plutôt étudier pour les derniers examens, mais toute forme de motivation l'a désertée.

Pour une fois qu'elle n'est pas forcée de garder son petit frère et sa demi-sœur en l'absence des parents (Camille les accompagnant à l'épicerie et Jules étant parti jouer chez un ami), Annabelle n'hésite pas un instant à se gâter.

Elle clavarde avec sa meilleure amie, qui semble avoir été fortement impressionnée par son séjour dans Lanaudière, et particulièrement par les gens qu'elle y a rencontrés.

Lea_savoie dit : Est-ce que BD t'a parlé de moi ?
Annabillabong_16 dit : Non, pas vraiment.
Lea_savoie dit : Ah… :-(

Annabelle se sent mal de décevoir sa meilleure amie, mais la vérité, c'est que Loïc n'a pas

dit un traître mot à propos de la jolie (et menue[21])
Pont-Rougeoise depuis son départ.

Elle se mordille la lèvre, hésitant à pousser
davantage le mensonge. Elle tape :

Annabillabong_16 dit : Il a juste dit qu'il te trouvait cool.

Lea_savoie dit : Ah ouin ? Cool dans le genre pouchonne, ou
dans le sens que j'ai le swag, mais pas assez pour
sortir de la friendzone ?

Annabillabong_16 dit : Je comprends rien de ce que tu dis ! ! !

Lea_savoie dit : Belle ou juste fine ? ? ? ? ?

Annabillabong_16 dit : Euh… je sais pas. Je dirais un peu
des deux ? Mais je lui ai pas demandé non plus…

Lea_savoie dit : T'aurais dû !

Annabelle se contente de lever les yeux au ciel.
Ou plutôt au plafond. Enfin, vous comprenez.

Lea_savoie dit : Est-ce qu'il est connecté, en ce moment ?

Annabillabong_16 dit : Je sais pas. On dirait que non, mais il
apparaît jamais dans la discussion instantanée.

Lea_savoie dit : Va voir sur ton fil d'actualité s'il a publié un
statut ou liké celui de quelqu'un d'autre récemment.

Annabillabong_16 dit : Ben, là ! Je vais quand même pas l'espionner…

Lea_savoie dit : Pourquoi pas ? C'est à ça que ça sert, Facebook.

---

21 Étrange non-sens que de qualifier quelqu'un qui est mince
de « menu » alors que c'est précisément ce que certains
fuient…

Annabelle a beau jouer les offusquées, n'empêche qu'elle a flâné un peu trop souvent sur le profil de Loïc, ces derniers jours. Elle sait parfaitement qu'il a partagé une vidéo des frères Derome pas plus tard qu'hier, et le dernier statut qu'il a publié parlait d'une caricature de Ludo qu'il était en train de réaliser, dessin qu'il ne se gênera d'ailleurs pas pour montrer à tous ses amis virtuels dès qu'il sera terminé. Ce n'est pas le genre de BD d'exposer ses œuvres sur le Web ; Annabelle le soupçonne de vouloir provoquer son grand frère.

Son amie revient à la charge, aussi entêtée qu'une mule :

Lea_savoie dit : Sinon écris-lui pour voir.

Annabillabong_16 dit : Qu'est-ce que je lui dis ?

Lea_savoie dit : Je sais pas, moi. Juste : salut, ça va ? Ça devrait être suffisant pour savoir s'il est là !

Annabillabong_16 dit : OK. Je reviens dans 2 sec.

Annabelle se mordille de nouveau la lèvre, mais plus fort cette fois. Si fort qu'elle en vient presque au sang. Elle décide de lui donner un peu de répit et de s'en prendre à ses ongles. Si elle est aussi stressée, c'est qu'elle n'a jamais osé écrire à BD en privé.

Elle inspire profondément et fait une timide tentative :

Annabillabong_16 dit : T'es là ?

Une minute s'écoule, puis deux. Aussi bien dire une éternité ! Annabelle s'apprête à écrire à Léa que le faux-jumeau-qui-lui-fait-de-l'effet n'est pas là quand une fenêtre apparaît.

Loïc_bede : Ouais. Pourquoi ?

Elle scrute son écran, complètement figée. « Qu'est-ce que je suis censée répondre à ça ? Il sait que j'ai pris son message. Faut que je trouve quelque chose à écrire… et vite. »

Son chat Boots, baptisé en l'honneur de son planchiste préféré, choisit ce moment pour passer nonchalamment devant l'écran et s'écraser de tout son long sur le clavier. Le matou pousse même l'audace jusqu'à envoyer un message à sa place :

Annabillabong_16 dit : 6ctq79 ;4p9tgjdhfds1^0 8y0x2 27t&

Loïc_bede : Euh…

Elle s'empresse de soulever son chat et de le prendre dans ses bras pour écrire d'une main :

Annabillabong_16 dit : Hahaha ! Désolée. C'est mon chat qui a pris le contrôle de l'ordi !

Elle ajoute :

Annabillabong_16 dit : Je suis en train de chatter avec Léa.
Elle voulait que je te félicite pour ta première place à
l'épreuve de wake.

« Bien trouvé ! » se félicite-t-elle tandis
que la fenêtre de sa discussion avec Léa se met
à clignoter en bas de l'écran. Boots se débat
pour se défaire de l'emprise de sa maîtresse et
s'enfuir en courant.

Lea_savoie dit : Pis ? ? ? ? ?
Annabillabong_16 dit : Il est là. Qu'est-ce que je lui
demande ?
Lea_savoie dit : Si je peux lui envoyer une demande d'amitié.

Quand elle revient à sa conversation avec BD,
Annabelle voit qu'il a écrit :

Loïc_bede dit : Merci.

Son bel équipier est apparemment aussi cau-
sant en virtuel que dans la vraie vie.

Annabillabong_16 dit : Léa veut savoir si elle peut t'ajouter
comme ami ? (Ça m'éviterait de devoir faire les messages à sa place ;-))
Loïc_bede dit : Bah, oui…

«Wow! Ç'a l'air de lui tenter rare!» ironise Annabelle à voix haute.

Annabillabong_16 dit: T'es pas obligé, tsé!

Loïc_bede dit: Non, c'est correct. Mais dis-lui que je viens presque jamais sur FB pis que je suis pas trop jasant.

Annabillabong_16 dit: Ça, je pense qu'elle l'avait déjà remarqué :-P

Loïc_bede dit: OK.

Elle s'empresse de rapporter la réponse de BD à Léa.

Annabillabong_16 dit: Il a dit oui!

Lea_savoie dit: WOUHOUUUUUUU!!!

Annabillabong_16 dit: :-)

Lea_savoie dit: C'est fait! Je lui ai envoyé ma demande. Il est mieux de l'accepter!

Annabillabong_16 dit: C'est sûr que oui. Par contre, il voulait que je t'avertisse qu'il est pas full présent sur FB, en général. Ça fait que sois pas trop déçue s'il t'écrit pas souvent.

Lea_savoie dit: Je m'en fous! Je veux juste passer des heures à regarder ses photos pour me rappeler à quel point il est beau!!!

Annabillabong_16 dit: Hahaha!

Contre toute attente, la fenêtre de sa discussion instantanée avec Loïc clignote de nouveau

au bas de l'écran, précédée de son familier petit
«ti-dooou», si doux à l'oreille.

Loïc_bede dit : Sinon ça va, toi ?

Annabillabong_16 dit : Oui, oui, super ! Toi ?

Loïc_bede dit : Ouais, pas pire.

Annabillabong_16 dit : Tu fais quoi, aujourd'hui ?

Loïc_bede dit : Je sais pas trop encore. Il faut que je fasse
mes bagages.

Annabillabong_16 dit : Moi aussi ! ! ! J'ai même pas commencé !

Loïc_bede dit : Ça se peut que je voie Sam aussi.

Annabillabong_16 dit : OK.

Loïc_bede dit : Si tu veux, t'es la bienvenue.

Annabillabong_16 dit : Merci ! Ça va dépendre de ma mère…
Pas sûre que ça va lui tenter de venir me reconduire
dans votre coin. Elle est tannée de faire le taxi !

Loïc_bede dit : Demande à ton beau-père… il sera pas
capable de dire non ;-)

«Oh, mon Dieu ! Je rêve, ou est-ce que je suis
vraiment en train de vivre un moment de complicité virtuelle avec BD ?!?» Son amie la ramène
aussitôt sur terre avec son commentaire :

Lea_savoie dit : Il m'a pas encore acceptée ! :-(:-(:-(

Annabillabong_16 dit : Bizarre…

Lea_savoie dit : Tu penses qu'il a changé d'idée ?

Annabillabong_16 dit : Non, non. Il est peut-être déjà parti…

Le mensonge est sorti tout seul, malgré elle. Son cerveau l'a commandé à ses doigts sans attendre son autorisation. Le temps qu'elle réalise ce qu'elle avait écrit, son message était envoyé. Et bien reçu, comme l'indique la notification :

√ **Vu :** 18 : 37

Léa est en train d'écrire…

Annabelle ne sait même pas pourquoi elle a eu le réflexe de cacher à sa *best* qu'elle clavarde avec lui en ce moment précis. Ni pourquoi elle lui a menti la première fois. Quelque chose lui dit que ce n'est pas tant pour rassurer Léa que pour éviter d'éveiller les soupçons.

C'était son idée, de jouer les entremetteuses entre Léa et BD. Faire en sorte qu'ils deviennent un couple pour que tout le monde soit gagnant :

- Léa réussirait enfin à oublier son ex, Tommy, et peut-être même son obsession pour les gars plus vieux ;
- BD apprendrait peut-être à se déniaiser un peu ;
- Annabelle pourrait concentrer ses efforts sur son propre couple et arrêter de se demander si le terrain est plus vert chez le voisin.

Pour toutes ces raisons et plus encore, la jolie skateuse se permet d'insister auprès de BD.

Annabillabong_16 dit : Pourquoi t'as pas encore accepté Léa comme amie ?

Loïc_bede dit : Ah, j'avais oublié…

« On dirait qu'elle l'intéresse vraiment pas », pense Annabelle sans trop savoir si cette constatation l'attriste ou la réconforte. La fenêtre de sa discussion avec sa meilleure amie clignote encore une fois au bas de l'écran.

Lea_savoie dit : YÉÉÉÉÉÉÉÉÉÉÉÉÉÉ ! ! ! ! ! ! Je suis officiellement amie avec Loïc Blouin-Delorme, le grand champion de Planches d'enfer et le 2e plus beau rider de Lanaudière ! ! !

Annabillabong_16 dit : 2e ? C'est qui le 1er ?

Lea_savoie dit : Devine…

Annabillabong_16 dit : Si tu dis « son frère », je te réponds plus.

Lea_savoie dit : Je dirais rien, d'abord. LOL.

Annabillabong_16 dit : OK, ciao !

Annabillabong_16 dit : Oh et en passant, BD est pas le seul grand champion de la compétition. Je te rappelle que moi aussi j'ai remporté une épreuve et le grand prix, tsé ! Re-ciao (pour de vrai, là).

Loïc_bede dit : C'est fait.

Annabillabong_16 dit : Je sais. ;-)

Loïc_bede dit : Elle est intense, ton amie.

Annabillabong_16 dit : Pourquoi ? Qu'est-ce qu'elle a fait ?

Loïc_bede dit : Elle vient de m'envoyer un looooong message.

Annabillabong_16 dit : Ah ouin ?! Qu'est-ce que ça dit ?

Loïc_bede dit : J'sais pas. C'est trop long. Pas le goût de le lire tout de suite.

Annabillabong_16 dit : Haha, OK !

Loïc_bede dit : Je préfère chatter avec toi…

Le cœur de l'adolescente s'emballe. Elle voudrait lui dire de se calmer, mais il n'y a rien à faire. Elle se demande bien ce qu'elle pourra répondre à ça. Après un temps de réflexion (qui ne fait que creuser davantage le malaise), elle opte pour la politesse :

Annabillabong_16 dit : Ah, c'est gentil.

« Pour moi, mais pas pour ma meilleure amie !!! Ni pour le tien… »

Loïc_bede dit : C'est cool qu'on voyage ensemble.

Annabillabong_16 dit : Vraiment !

« Coudonc, qu'est-ce qui lui prend aujourd'hui ? C'est pas son genre d'être aussi… » Une notification lui annonçant que Loïc aime sa photo de profil interrompt le fil de sa pensée.

Loïc_bede dit : Ensemble, tous les trois, je veux dire…

« Je suis pas folle. S'il prend la peine de préciser, c'est qu'il trouvait sa dernière phrase et son comportement un peu bizarres, lui aussi. »

Annabillabong_16 dit : Les quatre, si on compte le père de Sam.
Loïc_bede dit : Ouais. Il est cool, Robert.
Annabillabong_16 dit : Ça va être malade !
Loïc_bede dit : C'est clair.
Annabillabong_16 dit : Parlant de voyage, faudrait vraiment que j'aille faire mes bagages.
Loïc_bede dit : Ouin, moi aussi… Tu nous feras signe si t'as envie de venir faire un tour chez Sam, plus tard.
Annabillabong_16 dit : OK ! À + !

Un voyant rouge lui indique qu'elle a reçu un nouveau message.

Lea_savoie dit : Toujours là ?

Ce n'est même pas la peine de se manifester, Facebook s'en charge pour elle.

Lea_savoie dit : BD répond pas à mon message, mais je sais qu'il l'a vu.
Annabillabong_16 dit : Il est pas obligé de t'écrire dans la seconde. Laisse-lui le temps.
Lea_savoie dit : Ça fait déjà dix minutes !

Annabillabong_16 dit : Il doit être occupé à chatter…

Lea_savoie dit : Ah ouin? Avec qui, tu penses? Il me semblait qu'il aimait pas ça…

Annabillabong_16 dit : Avec Sam, sûrement…

«… ou avec moi.»

14

Dès la seconde où elle se déconnecte d'Internet, Annabelle entend le bruit des portières qui claquent. Sa famille est de retour. Sixième sens ou timing parfait? Quoi qu'il en soit, son intuition ne l'a pas trahie. Elle a tout juste le temps de dévaler les escaliers et d'effectuer un vol plané pour aller s'affaler sur le divan du salon et faire semblant de réviser ses formules mathématiques avant que la maison soit de nouveau envahie par ce trop-plein de vie.

Heureusement qu'elle avait pensé à laisser ses manuels de classe sur la table basse en rentrant de l'école…

Elle prend le premier sur la pile et y plonge le nez tandis que la porte d'entrée s'ouvre sur sa mère et son faux-père, les bras chargés de sacs d'épicerie. Camille, trois ans (et trois quarts), les dépasse en trottinant pour venir la retrouver, toute fière de lui montrer qu'elle aussi porte un sac, comme les parents: un mini-sachet de raisins.

— Tu as reçu du courrier, ma belle! lui annonce gaiement sa mère en refermant la porte derrière elle.

Annabelle se redresse, intriguée.

— Est-ce que c'est mon passeport?

— Non, je dois aller le chercher demain au bureau de Passeport Canada.

— C'est quoi d'abord? Est-ce que ça vient de grand-papa Lionel?

— Ah… tu verras bien! lui répond sa mère en haussant les épaules, un sourire en coin.

L'adolescente court prendre son courrier en attrapant Camille au passage pour déposer un baiser sur son front. Le visage de la fillette s'éclaire, et celui de sa grande sœur aussi lorsqu'elle reconnaît l'écriture soignée de son grand-père. Annabelle retrouve instantanément l'insouciance de ses six ans en réalisant qu'il n'a pas oublié leur vieille tradition, qui remonte à son tout premier jour d'école.

Malgré la distance qui les sépare, Lionel Poitras n'a jamais manqué de souligner chacune des rentrées scolaires et des fins d'année de sa petite-fille bien-aimée, histoire de la motiver à aimer l'école et à obtenir de bons résultats. Son grand-père lui prépare chaque fois une devinette ou une énigme qui lui vaut un petit cadeau, une fois résolue.

Comme toujours, Annabelle doit s'y reprendre à plusieurs fois pour lire la pseudo-énigme semi-obscure et espérer en saisir le sens. Celle-ci s'énonce comme suit:

Parfois mauvaise et redoutée,
Je peux faire des blessés.
Que je sois d'eau ou de reins,
Je suis aussi le mot de la fin.
Qui suis-je[22] ?

Annabelle a beau se creuser les méninges, rien ne vient. La solution refuse de se frayer un chemin dans son esprit confus. Son grand-père a décidément le don de trouver les bons mots pour lui mettre le cerveau en compote !

« Qui suis-je ? Qui suis-je ? Je sais pas, moi... Si je le savais, je te le dirais ! » s'impatiente-t-elle déjà.

Plus vite elle trouvera, plus vite elle pourra appeler Lionel pour connaître la mini-surprise qu'il lui réserve.

En revanche, une idée saugrenue lui vient alors que, relisant l'énigme pour une énième fois, les visages moqueurs de Chanel et de Marion s'imposent à sa mémoire. « Parfois mauvaise et redoutée, je peux faire des blessés... Euh... la jalousie ? ! »

Son idée est simple : inventer un admirateur secret à Marion pour se venger de Chanel en flattant son chien de poche dans le sens du poil. Une lettre anonyme ou, mieux, une nouvelle déclaration d'amour chaque jour pour faire croire à

22 Devinette inspirée d'une énigme du père Fouras, à l'émission *Fort Boyard* (2008).

Marion qu'elle est plus populaire que sa sœur siamoise satanique, l'insipide (mais trop belle) Chanel Beauregard.

Avant le souper, Annabelle se dépêche de réviser en prévision de son examen du lendemain. On peut dire que la petite pensée offerte par son grand-père aura eu l'effet escompté en lui redonnant la motivation nécessaire pour étudier. Elle pourra ensuite occuper le reste de sa soirée à rédiger sa série de lettres anonymes à l'intention de Marion en espérant rendre l'amie de celle-ci verte de jalousie.

*

Quatre petits bouts de papier. Une lettre pour chaque dernière journée de classe.

Afin de s'assurer un maximum de vraisemblance, Annabelle s'est appliquée à écrire le plus mal possible. D'après son expérience, les garçons qui soignent leur calligraphie sont une espèce rare. L'écriture de certains gars qu'elle connaît fait tellement dur qu'on croirait leurs pattes de mouche victimes de torture…

Bref, moins c'est lisible, plus c'est crédible.

Et le moins qu'on puisse dire, c'est qu'Annabelle n'y est vraiment pas allée de main morte. Ou peut-être bien que oui, tout compte fait. Une main paralysée par l'arthrite n'aurait pas fait pire. Ou mieux (tout est relatif).

Mais pourquoi se donner autant de mal pour faire croire à l'existence d'un admirateur secret à ces deux idiotes? Pour le simple plaisir de savourer sa douce vengeance? Pour que le monstre à deux têtes arrête de se sentir supérieur et de se croire tout permis?

S'il s'agissait d'un sondage, Annabelle cocherait sans doute toutes les cases.

Dès qu'elle met les pieds à l'école des Cascades, la jolie skateuse part à la recherche de sa petite bande de fous pour leur annoncer son mauvais coup. Elle repère facilement Sam près des casiers, trop heureux de la retrouver. Il vient pour l'embrasser sur la bouche, mais elle se détourne pour lui tendre un papier.

— Qu'est-ce que c'est?

— Tu veux lire?

— Ben… d'après toi?

Poser la question, c'est y répondre. Sam ne se fait pas prier; il ne demande qu'à tout partager avec sa douce moitié. Le frisé parcourt la première lettre en réprimant difficilement un sourire, les yeux ronds de stupéfaction.

Très chère Marion,

Ça fait longtemps que je veux te dire que je te trouve belle, (vraiment beaucoup plus belle que ton amie Chanel).

Je ne sais pas par où commencer pour t'avouer mes sentiments,

j'ai tellement peur que tu ries de moi...

Je m'assois près de toi à la cafétéria,

je te suis dans les corridors,

et parfois même jusque chez toi (2 fois)...

Je m'endors avec ta photo chaque soir.

Mais toi, tu ne me remarques pas.

On dirait que je suis invisible pour toi.

Pourquoi???

Ton admirateur discret

Dès que Samuel relève les yeux, Annabelle lui tend une autre missive :

Belle Marion,

Tu vas recevoir une lettre dans ton casier tous les jours, jusqu'à la fin de l'année. J'ai décidé d'attendre le dernier jour pour te dévoiler mon identité. Tu pourras ensuite décider si tu as envie qu'on se voie cet été... en ami ou mieux, en amoureux. J'espère que tu diras oui parce que la nuit passée, j'ai *rêvé que tu étais la femme de ma vie.*

Ton admirateur discret

Une troisième missive, bien plus brève, mais tout aussi inquiétante que les précédentes, apparaît sous le nez de Sam.

MARION-nous. (Dès qu'on aura l'âge légal, genre.)

L'amoureux d'Annabelle ne tarde pas à réagir :
— WOW ! T'es vraiment… diabolique !
— Juste avec ceux, ou plutôt celles, qui le méritent, se justifie-t-elle avec ses airs de grande justicière.
— Marion va tellement badtriper ! Je suis sûr qu'elle va penser qu'elle est suivie pour vrai…
— Justement. Ça va être drôle de la voir toujours en train de regarder par-dessus son épaule !
— Ha ! Ha ! Ouais. Sauf qu'on sera même pas là pour voir ça, fait remarquer Sam d'une voix qui trahit sa déception.
— Je sais… mais j'ai pensé à tout.
Xavier surgit derrière eux en demandant :
— Vous serez pas là pour voir quoi ?
— La réaction de Marion, résume Samuel en le regardant par-dessus son épaule sans prendre la peine de se retourner, contrairement à Annabelle qui s'empresse de lui faire face.

— Xav! Ça tombe bien que tu sois là, c'est justement à toi que je voulais parler.

— Ah, oui? s'étonne le rouquin.

Il est plutôt rare que la belle adresse directement la parole à Lebel (Xavier, de son petit nom), préférant la plupart du temps le sens de l'humour de Sam, l'oreille attentive de Mathis, le sens critique de Fabrice et le silence viril de BD.

— J'aurais un petit service à te demander.

— Je t'écoute.

— Lis ça, avant.

Xavier obéit, sa curiosité étant résolument piquée. Il lit d'une traite en battant un record personnel de vitesse. Ses yeux sont en feu et son cerveau, en ébullition.

— OH, MON DIEU! Tu veux qu'elle fasse une crise cardiaque?

— Bah! Ça lui ferait pas de tort, un peu d'émotions fortes, se défend Annabelle.

— Ouin, elle reprendrait un peu de couleur, renchérit Samuel.

— Alors? Ça te dit, de jouer les messagers?

Xavier remonte ses lunettes sur son nez avant de gratter une barbichette imaginaire au bout de son menton pour se donner l'air de réfléchir.

— Ouin, je te vois venir. Mais je suis vraiment pas certain d'avoir envie de m'embarquer dans ce genre d'histoire-là…

— Allez! C'est moi qui vais mettre les deux premières lettres dans son casier. Il te restera juste celles de jeudi et de vendredi. Il y a rien là!

Xavier hésite. Il n'a pas l'habitude de dire non (particulièrement à ses amis), mais la vérité, c'est qu'il est mort de trouille à l'idée de s'attirer des ennuis. Sa mère a déjà menacé de le déshériter pour moins que ça!

Il se résout donc à proposer :

— Demande à Fabrice. Je suis sûr que ça va lui faire plaisir de jouer un sale tour aux deux nunuches.

— Oui, mais c'est à toi que je le demande.

— Pourquoi moi?

— Parce que tu as le profil parfait.

— Pour jouer les admirateurs secrets?

— Ha! Ha! Non. Pour rester discret.

— Euh… je te rappelle que je suis roux! C'est pas l'idéal pour passer inaperçu.

Annabelle ne se gêne pas pour se moquer ouvertement des excuses bidon de son ami.

— Ça veut dire que c'est oui?

— Argh! OK, j'accepte, râle Xavier en s'avouant vaincu.

— Excellent! Tu lui en glisses une dans sa case chaque jour, sans faute, et tu t'arranges pour la suivre et la filmer avec la caméra intégrée à ton sac à dos. On veut les voir, elle et Chanel, en train de capoter ben raide!

— Bonne idée, se réjouit Sam.

— OK, mais… est-ce que tu comptes leur dire qu'il y a pas d'admirateur secret pis que c'est toi qui les niaisais ? demande Xavier. Parce que j'ai vraiment pas envie qu'elle pense que c'est moi qui tripe sur elle, t'sais !

En guise de réponse, Annabelle lui tend une enveloppe rouge ornée d'un énorme cœur grossièrement tracé. Pour la dernière, elle s'est vraiment gâtée. La preuve : elle a même subtilisé l'eau de toilette de son faux-père pour la parfumer. La totale, quoi. Le summum du quétaine !

— C'est la lettre de vendredi.

Sam et Xavier demeurent stupéfaits en découvrant ce qui se trouve dans l'enveloppe. Dire qu'ils s'attendaient à découvrir une autre fausse déclaration d'amour un peu louche… Annabelle a bien compris qu'une image vaut mille mots. Elle s'est donc photographiée en train de faire sa grimace la plus hideuse, un portrait peu flatteur qu'elle a tout simplement accompagné de la note suivante : « Je vous ai bien eues ! Mouahahahaha. »

— Bébelle, si t'existais pas, faudrait t'inventer, s'exclame Samuel.

— Je sais…, plaisante la jolie conspiratrice, le visage fendu d'un sourire grand comme l'univers, à mille lieues de la grimace de la photo.

15

19 juin, après l'école

Samuel et Loïc n'avaient jamais mis les pieds[23] à l'aéroport de Montréal avant ce soir.

En ce qui concerne Annabelle, les rares fois où elle a eu l'occasion de prendre l'avion, elle est partie de l'aéroport international Jean-Lesage de Québec. Et les brefs séjours passés dans le nord de la province chez sa vieille tante un peu maboule n'avaient certes pas le panache du voyage qu'elle s'apprête à faire sur le vieux continent…

Annabelle est au comble de l'enthousiasme, pour ne pas dire au bord de l'hystérie.

— Je réalise juste pas qu'on va se réveiller en France, demain matin !

— Moi non plus.

Sam, lui, n'arrive pas à croire qu'il se réveillera aux côtés de sa belle.

— Euh… tu penses vraiment être capable de dormir dans l'avion, toi ?

— Non. Je suis beaucoup trop excitée !

_____

23   Ni le reste de leur corps, à bien y penser…

Du côté de BD, c'est plutôt la perspective de s'éloigner de la maison et de sa famille nouvellement recomposée qui le réjouit. Enfin, des vacances bien méritées !

Leurs amis, qui les accompagnent, sont presque aussi nerveux qu'eux. Retenue à l'école pour les derniers préparatifs en vue de la pièce de théâtre de fin d'année, Ophélie a fait promettre à Mathis de prendre une photo des voyageurs à l'aéroport, juste avant le grand départ. En dépit des réticences de Fabrice, Mathis emprunte son précieux iPhone pour capturer le moment tandis que le Français ronge son frein, jaloux bien malgré lui.

— C'est pas juste. Toujours les mêmes qui ont tout ! geint-il, à moitié sérieux.

— Profitez-en bien ! Vous penserez à nous quand vous assisterez à la Coupe du monde de skate, bande de chanceux.

À défaut de pouvoir s'envoler pour l'Europe en compagnie de ses trois amis, Mathis continue de jouer les photographes pour Ophélie.

— Ouais, on va essayer de penser à vous, mais on peut rien vous promettre…, dit Sam, blagueur.

Leurs planches et leurs bagages ayant déjà été enregistrés en soute, il est maintenant l'heure pour les voyageurs de faire leurs adieux (temporaires) à Mathis, à Fabrice et à Xavier pour franchir la sécurité et aller attendre leur vol, de l'autre côté, devant leur porte d'embarquement.

Les Marseillais n'ont qu'à bien se tenir !

Comme son fils et son mari souffrent du mal des transports, la mère de Sam a insisté pour qu'ils prennent chacun un comprimé de Gravol dès leur arrivée à l'aéroport. « Vous allez me remercier d'y avoir pensé ! » a prédit Louise, ce qui n'a fait qu'exaspérer son petit frisé. Par expérience, Robert (son père) s'est quant à lui contenté d'avaler le médicament sans broncher, histoire d'éviter une querelle conjugale inutile.

Sam n'a pas cru nécessaire de se méfier de la prescription maternelle. Après tout, Louise n'avait jamais cherché à le droguer… avant aujourd'hui. Il était loin de se douter de l'efficacité dévastatrice de ce petit cachet. Avoir su, il s'en serait passé !

Ce n'est qu'une fois la sécurité passée que l'effet se fait sentir d'un coup. L'adolescent s'assoupit instantanément sur son siège, devant la porte d'embarquement de leur premier vol à destination de Paris, où ils feront escale avant de prendre leur correspondance pour Marseille. Pendant ce temps, Loïc griffonne dans son carnet, Annabelle se pâme devant les *tricks* présentés dans sa nouvelle revue de skate, et Robert s'extasie devant les paysages de son guide de voyage.

Aussi bien dire que Sam ne manque pas grand-chose en s'endormant...

C'est à peine s'il entend l'appel annonçant l'embarquement des passagers. Son père doit le secouer pour qu'il daigne enfin ouvrir l'œil.

Lorsqu'il se lève et passe les bretelles de son sac à dos sur ses épaules pour aller rejoindre son meilleur ami, sa copine et son père dans la file de voyageurs, Samuel réalise à quel point le médicament l'a sonné. Ses paupières sont lourdes et son corps l'est tout autant... Il a l'impression de peser deux cents kilos, tellement il peine à se traîner, et même à se tenir debout.

Le jeune Blondin ne s'attendait pas à ce que le comprimé offert par sa mère le fasse planer avant même que l'avion ait décollé!

— Ça va? s'informe BD en remarquant son air égaré.

— Euh... oui, oui.

— T'as les yeux dans la graisse de bines.

— Hein?

— Tes yeux ferment tout seuls!

— Oh. Je les reposais un peu, c'est tout.

Sa réponse semble amuser Annabelle et Loïc, qui échangent une œillade complice. Robert, qui s'est fait plutôt discret jusqu'à présent, leur demande de sortir leur carte d'embarquement et leur passeport pour ne pas faire perdre leur temps aux agents de bord. Les trois jeunes acquiescent docilement, tout impatients qu'ils sont d'entrer dans l'avion.

Samuel se ressaisit dès l'instant où il monte à bord de cet engin ailé qu'il lui tarde d'explorer. Il salue la dame postée à l'entrée de l'avion — l'hôtesse chargée de faire des beaux sourires aux passagers, et plus particulièrement aux privilégiés qui voyagent en première classe — et lui tend fièrement son nouveau passeport ainsi que sa carte d'embarquement.

Elle prend la carte sans même un regard pour son passeport flambant neuf.

— Vingt-deuxième rangée, à droite.

— Merci.

Sam talonne Annabelle qui avance derrière Loïc en le suivant d'un peu trop près à son goût. Le petit groupe et son accompagnateur se fraient un passage entre les voyageurs occupés à ranger leur bagage à main au-dessus de leur tête. Les trois jeunes se hâtent vers l'arrière de la cabine, à la recherche des sièges 22 A, 22 B et 22 C, qui leur ont été assignés. Lorsqu'ils approchent enfin, le frisé trouve la force de déclarer haut et fort:

— *Shotgun* sur le hublot!

— Ben là… tu dors déjà, proteste Loïc.

— Non. Maintenant, je suis parfaitement réveillé!

— Tu dis ça, mais c'est clair qu'on te perd avant le décollage…

Sam plisse les yeux en réfléchissant à toute vitesse pour trouver quelque chose à répliquer, même s'il doit bien admettre que BD n'a peut-être pas tort…

— Bon, si c'est comme ça, je laisse la place à Bébelle, finit-il par concéder.

— Ah, c'est gentil, mais j'ai déjà pris l'avion, assure l'adolescente. Je laisse le hublot à BD, vu que c'est sa première fois.

— OK, d'abord…, fait Sam, déçu que sa pseudo-galanterie profite à son meilleur ami plutôt qu'à sa douce.

— Merci.

Loïc est quelque peu mal à l'aise d'être ainsi favorisé par la copine de son vieux camarade, mais il s'enfonce dans le siège côté hublot sans en faire de cas, le couple qui attend derrière eux commençant déjà à s'impatienter. Annabelle prend spontanément place à ses côtés, au centre, sans même se demander si les deux garçons n'auraient pas préféré être assis ensemble. Sam se retrouve au bord de l'allée.

Son père s'installe quant à lui dans la rangée derrière eux, au siège indiqué sur son billet. S'il n'est plus de son âge de se chamailler pour se retrouver près du hublot, cela ne l'empêche toutefois pas de jeter un bref regard envieux en direction de l'inconnu qui occupe la place de choix, à sa gauche.

Il se penche vers l'avant, dans l'espace entre les fauteuils de son fils et de sa copine pour le simple plaisir de faire sursauter les jeunes par un «BOUH!» bien senti.

Eh oui, Robert est un sacré farceur. Ses blagues laissent parfois à désirer, mais il n'y a pas à dire : son fils a de qui tenir. En cet instant précis, Sam est néanmoins trop amorti par l'effet du Gravol et par le ronronnement des moteurs pour réagir.

— Et puis? Vous êtes bien assis? s'informe malgré tout son père auprès des deux autres.

— Oui, super! répond Annabelle, surexcitée.

Bientôt, l'avion est prêt pour le décollage et, déjà, Samuel et Robert dorment à poings fermés. Tel père, tel fils.

Rien ni personne ne pourra les réveiller...

Pas même les turbulences relativement intenses qui, une heure plus tard, commencent à secouer l'appareil à quelque trente mille pieds dans les airs. Annabelle a la chair de poule et Loïc, le cœur au bord des lèvres, mais Sam, lui, se laisse ballotter en souriant bêtement dans son sommeil.

Quand le Boeing 747 retrouve enfin une certaine stabilité (et ses passagers, leur tranquillité d'esprit), le frisé endormi est dans une telle posture qu'on le croirait sur le point de vomir le souper qu'il n'a pourtant pas encore avalé. Il penche dangereusement vers l'avant, les yeux fermés et la bouche entrouverte.

Une dernière secousse achève de le faire tomber sur le côté. Le torse de Sam s'incline vers Annabelle, le dormeur s'appuyant inconsciemment de tout son poids sur l'épaule de sa belle, qui a le réflexe de reculer.

— Ouach! Sam me bave dessus!

Loïc pouffe de rire en voyant le long filet de salive qui pendouille au bord des lèvres de Sam, puis le cerne visqueux qui se forme sur la jupe en jean d'Annabelle. Il redouble d'hilarité en découvrant l'expression horrifiée de la jolie skateuse. Celle-ci cligne des yeux, trop abasourdie pour rigoler.

— Tu pourrais m'aider au lieu de rire! Qu'est-ce que je fais, je le pousse ou je le réveille?

— Je sais pas. Secoue-le un peu, suggère-t-il en se grattant la tête, toujours aussi amusé.

Elle tente le coup en répétant plusieurs fois son prénom, mais rien n'y fait. Aucune réaction.

— Est-ce que tu as ta caméra avec toi? demande Annabelle en repoussant légèrement son copain pour restreindre les dégâts sur sa jupe.

L'occasion est trop belle et la situation trop cocasse pour la laisser passer sans l'immortaliser.

— Attends, je regarde.

Loïc farfouille dans son sac à dos en quête de son appareil photo. Il se souvient de l'y avoir glissé en vitesse juste avant de quitter la chambre qu'il partage avec Lucas, son frère cadet. Il ne devrait pas être bien loin.

— Dépêche, le coulis de bave va tomber dans l'allée.

— Je l'ai!

BD a tout juste le temps de prendre une photo avant que l'épais filet finisse sa course sur le sol.

— Fais voir, demande Annabelle, curieuse, en faisant un mouvement du menton vers l'appareil.

Elle n'est pas déçue du résultat: le coulis visqueux est parfaitement visible. Le photographe amateur s'en réjouit avec elle. Les deux adolescents jacassent si bruyamment qu'ils s'attirent déjà quelques œillades réprobatrices ici et là.

Le couple de bougons assis de l'autre côté de l'allée ne se gêne d'ailleurs pas pour soupirer, ce qui les incite à se calmer.

Pour un moment, du moins.

— Regarde! lui lance Loïc après de longues minutes passées à savourer le silence (forcé).

Annabelle se penche au-dessus de son ami pour admirer le paysage. La mâchoire lui en tombe, tellement le spectacle qui se déploie sous leurs yeux est majestueux. Difficile d'espérer mieux qu'un coucher de soleil observé à même le ciel, avec l'horizon qui s'embrase à perte de vue de ces audacieuses nuances orangées, pourpres et rosées.

Le tapis de nuages teintés par le crépuscule lui rappelle la barbe à papa qu'elle aimait tant déguster, enfant. Annabelle s'émerveille :

— Wow ! C'est juste trop beau…

« … et tellement romantique », pense-t-elle sans pour autant vouloir l'avouer.

— Ouais.

— Ophélie capoterait de voir ça. Est-ce que tu me prêterais encore ton appareil ? Je voudrais prendre une photo pour elle.

— Oui, oui. Tiens, dit Loïc en le lui tendant.

Annabelle en profite pour se rapprocher sensiblement de son beau voisin, laissant ses fines rastas chatouiller l'avant-bras du garçon, qui réprime difficilement un frisson.

Elle prend une photo, puis une deuxième et une troisième, histoire de faire durer cet instant irrésistible plus longtemps.

Mais Sam en décide autrement.

Le frisé choisit ce moment pour se réveiller et prendre son amoureuse en flagrant délit de complicité avec son meilleur ami.

Malaise…

16

20 juin

Après une escale d'un peu plus de deux heures à l'aéroport Charles-de-Gaulle de Paris, les jeunes voyageurs et leur accompagnateur survolent maintenant l'Hexagone[24], du nord au sud. Cap sur la Provence et ses champs de lavande à perte de vue (selon le guide touristique de Robert, le père de Sam).

Le frisé se retrouve enfin côté hublot, à son plus grand bonheur. Ce privilège suffit à le garder éveillé. Sam est déjà suffisamment humilié d'avoir été photographié dans une posture aussi ridicule durant le vol précédent. Heureusement qu'il a réussi à convaincre sa copine et son meilleur ami de ne pas publier la photo sur Facebook, sous prétexte que « ce qui se passe en voyage reste en voyage. » Il savoure désormais sa petite victoire sans se douter des conséquences d'un tel argument. Une chose est sûre : cette fois, il ne

---

24 Appellation donnée à la France métropolitaine en raison de sa forme hexagonale (polygone à six côtés, pour ceux qui n'auraient pas écouté au dernier cours de maths...)

dormira pas. Il admire plutôt le paysage, parfaitement visible en l'absence des nuages. Sous l'engin de tôle, des montagnes à n'en plus finir et de la verdure mur à mur.

Lorsqu'ils atterrissent enfin à Marseille, il est presque 11 h du matin, et ils ont drôlement faim. Mais l'appétit qui les tenaille n'est rien en comparaison de leur soif de découverte…

✳

À première vue, l'hôtel dans lequel ils logeront durant leur séjour en territoire français leur fait bonne impression. Avec sa façade beige semblable à toutes les autres, l'établissement a, en apparence, le prestige nécessaire pour figurer dans les meilleurs guides de voyage. Certes, les chambres sont minuscules et leurs fenêtres donnent sur une rue tout aussi passante que bruyante, mais ils n'ont pas fait tout ce chemin pour venir se reposer, alors à quoi bon s'en plaindre ?

Situé à deux pas de la gare Saint-Charles et de son majestueux escalier donnant sur la place des Marseillaises, l'hôtel semble à proximité de tout. Aussi les quatre touristes québécois décident-ils d'explorer les environs à pied.

Ce n'est qu'une fois rendus au coin de la rue qu'ils repèrent enfin son nom. Pas évident de voir ce minuscule écriteau placé en hauteur sur la façade de l'édifice quand on s'attend à trouver un panneau fixé à un poteau.

Ils sont instantanément charmés par cette ville bouillonnante d'activité, par ses rues étroites et escarpées.

Alors qu'ils sont assis dans un petit bistro pour déjeuner, Annabelle demande à Robert (qu'elle n'ose encore considérer comme son beau-père, même si elle fréquente son fils) :

— Athènes, c'est pas en Grèce ?

— Oui. Pourquoi ?

— Notre hôtel est sur le boulevard d'Athènes. C'est bizarre.

— Au contraire, c'est très logique.

Robert rigole de bon cœur devant l'incompréhension totale qui se peint sur le visage fort expressif d'Annabelle. Il fouille dans son sac à dos et en ressort son guide de voyage, déjà écorné à force d'avoir été maintes fois feuilleté et trimballé.

Il leur en lit un extrait :

« Fondée par les Grecs au VIIe siècle avant J.-C. sous le nom de Massalia, Marseille fut conquise en 49 avant J.-C. par les Romains qui en firent la porte de l'Occident pour le commerce oriental. Premier port et deuxième ville de France, Marseille entretient toujours des liens étroits avec le Moyen-Orient et l'Afrique du Nord, et reste cosmopolite et très vivante[25]. »

Zzzzzzzzz…

Si son père ne met pas fin immédiatement à sa lecture, Samuel risque bien de s'endormir.

— Par contre, ce qui est drôle, c'est qu'on est juste à côté de la Joliette, un quartier du deuxième arrondissement, poursuit Robert.

— Hein, Joliette? Comme dans Lanaudière?

— Exact.

Une fois leur estomac bien rempli, ils reprennent leur marche et atteignent l'intersection du boulevard Dugommier et de la rue Canebière. Avec un nom pareil, il ne faut pas s'étonner que les marseillais aiment bien picoler!

— Qu'est-ce que vous diriez d'aller visiter le Vieux-Port?

Les jeunes acquiescent en traversant un rond-point, sorte de carrefour giratoire autour duquel les voitures circulent dans un chaos savamment orchestré.

Avant même d'arriver au port, ils sont frappés par la splendeur des lieux. Des milliers de mâts s'élancent fièrement vers le ciel, comme s'ils cherchaient à chatouiller les quelques nuages paresseux contrastant avec l'azur limpide qui se profile à l'horizon.

---

25 Extrait du *Guide Voir* sur la France, publié aux Éditions Libre Expression.

La basilique Notre-Dame de la Garde sur-
plombe la ville de toute sa majesté, mais l'attention d'Annabelle et des garçons est plutôt attirée
par le décor pour le moins insolite qui se dresse
devant eux.

— Hé, regardez ! Une forêt d'arbres en pots !

— Hein ? De quoi tu parles ?

Sam leur indique un promontoire sur lequel
s'alignent plusieurs rangées de petits arbres (ou
de gros arbustes, selon la perspective). À cet instant, un enfant de cinq ou six ans les dépasse en
courant.

— Maman, maman ! Regarde, un chien !

Mais, à leurs oreilles, ça sonne plutôt comme :
« Mamangue, mamangue ! Regarde-eu, un
chiengue ! » ce qui les fait pouffer d'un rire mesquin et leur vaut aussitôt un coup d'œil réprobateur de Robert. Sam ne se laisse toutefois pas
impressionner par l'autorité parentale, comme le
prouve sa tentative d'humour :

— Attention où vous mettez les pieds… Ils
sont beaux, les *chiengues*, mais ils laissent des
p'tits cadeaux !

Le nez toujours plongé dans son guide de
voyage, son père suggère :

— Quand la Coupe du monde sera terminée,
on pourrait aller visiter le stade Vélodrome, où se
jouent toutes les parties de soccer.

— Oh oui ! Ce serait cool ! s'écrie BD.

— Est-ce que vous saviez qu'ici, ils appellent le soccer «football» ou «foot»?

— Ici, en France, ou juste à Marseille? demande Annabelle en feignant un quelconque intérêt.

— Dans toute l'Europe en général et même en Afrique, lui répond Robert sans relever l'enthousiasme forcé de la jeune fille.

Sam se joint à la conversation:

— Comment ils appellent le football qu'on connaît, d'abord?

— Football américain.

— Eh ben! Je vais me coucher moins niaiseux ce soir.

— Moins niaiseux peut-être, mais pas forcément intelligent! se moque (gentiment) BD en accompagnant sa blague d'une bine sur le bras.

Mais puisqu'il existe une certaine justice, ici-bas, Loïc découvre à ses dépens les risques qu'il y a à ne pas regarder où on met les pieds quand on marche.

Sa chaussure s'enfonce dans quelque chose de mou, visqueux et, surtout, très odorant. BD vient tout juste de mettre le pied dans un beau caca de «chiengue».

Au moins, il ne pourra pas dire que Sam ne l'avait pas prévenu…

17

20 juin, à l'école des Cascades de Rawdon

La cloche sonne à l'instant même où ses fesses se posent sur l'un des inconfortables sièges de plastique qui ont été disposés dans le gymnase. Tous les élèves de deuxième secondaire y sont réunis pour leur examen du ministère.

Le moins qu'on puisse dire, c'est que Xavier Lebel l'a échappé belle ! S'il avait fallu qu'il se présente à son examen de français en retard — même de quelques secondes à peine —, Brigitte Vigneault n'aurait pas hésité à lui fermer la porte au nez. Après tout, on ne la surnomme certainement pas « la Vipère » pour rien (quoique son regard reptilien, de petits yeux creux se réduisant à deux minces fentes, y soit pour beaucoup).

Xavier replace une mèche de sa tignasse rousse derrière son oreille, essoufflé. Il essaie tant bien que mal de maîtriser le tremblement de ses mains, mais c'est peine perdue. Son cœur palpite comme s'il avait couru un marathon.

Si le Roux est au bord de la crise cardiaque, c'est qu'il a bien failli se faire surprendre par

Chanel et Marion en glissant dans la case de cette dernière une des fausses lettres d'amour rédigée par Annabelle.

Il se repasse les derniers événements en respirant par saccades. Dès qu'il a dépassé la case de Marion, le monstre à deux têtes a surgi de nulle part (ou plutôt au détour du couloir) en l'accusant d'être l'admirateur discret.

Si l'idée l'avait d'abord amusé, le Roux n'en regrette pas moins de s'être investi de cette mission ingrate. Il commence à en avoir marre de servir de messager pour sa diabolique amie et, pire, de devoir jouer les espions en guettant la réaction des deux chipies, réaction qui s'avère d'ailleurs aussi ennuyeuse que prévisible.

Reste que… Xavier est parvenu à tourner deux ou trois mini-films particulièrement divertissants grâce au sac à dos avec caméra intégrée que lui a offert son père pour son anniversaire. S'il redoute de se faire prendre en flagrant délit, comme Sam dans les toilettes des filles avant lui[26], il n'est pas moins impatient de savoir ce qu'Annabelle compte en faire. Osera-t-elle les publier sur Facebook pour humilier publiquement le monstre à deux têtes, ou se contentera-t-elle d'en faire un « usage personnel » en les réservant à son groupe d'amis ? Peut-être compte-t-elle aussi les

---

26   Voir *Planches d'enfer, Annabelle : 180°*.

poster à Chanel et à Marion durant l'été pour faire durer la honte et s'assurer qu'elles n'oublient pas de sitôt l'épisode du faux admirateur secret.

Avant même que la Vipère ne commence à expliquer le déroulement de l'examen en se faisant, comme d'habitude, une joie d'insister sur les règlements, Mme Richard fait irruption dans la classe. Il faut vraiment que ce soit un cas de force majeure pour que la sexagénaire se permette une fois de plus de perturber le cours d'une épreuve ministérielle.

Avant de prendre la parole, Mme Richard lisse le pan de sa veste, puis se racle la gorge pour obtenir l'attention des élèves plus dissipés.

— Mes petits chéris, les vacances d'été approchent. Plus qu'un ou deux examens à passer demain et vous serez libres de faire ce qui vous chante, ou presque, durant les deux prochains mois !

Les élèves ne se gênent pas pour manifester leur enthousiasme en réponse à ce discours libérateur.

— Vous avez sûrement remarqué que je ne rajeunis pas ! J'ai enseigné durant plus de trente ans avant de devenir la directrice de cette merveilleuse école, les Cascades de Rawdon. Je peux dire sans hésiter que, les plus belles années de ma carrière, c'est ici que je les ai passées.

La voix de la directrice se brise sous le coup de l'émotion. Elle joint ses mains et baisse le regard comme un fidèle durant la prière. La vieille dame cherche visiblement à se recueillir pour trouver la force de continuer. Elle paraît si chétive, si vulnérable que Xavier ressent un pincement au cœur, gagné par un mauvais pressentiment.

Ce qu'il craignait se confirme :

— Le temps est venu pour moi de vous faire mes adieux et de tirer ma révérence… De prendre ma retraite, quoi ! Je ne pensais pas que ça viendrait si vite, mais je dois me résoudre à partir tout de suite en raison de petits problèmes de santé, résume Mme Richard en esquissant un sourire triste. Mais ne vous inquiétez pas, avant de me retirer, je me suis assurée de trouver la bonne personne pour me remplacer. Une personne de confiance qui a su faire ses preuves durant les dernières années. J'ai le grand plaisir de vous annoncer que, dès la rentrée d'automne, votre nouvelle directrice sera nulle autre que… Brigitte Vigneault !

Un silence de mort plane sur le gymnase après l'annonce de la directrice.

Mais Fabrice, qui a toujours un mot à dire sur tout, finit par marmonner :

— C'est pas vrai ! Dites-moi que je rêve-eu !

— Ça, c'est de loin la pire nouvelle de l'année…, reconnaît Mathis, amer.

— Ouais, confirme Ophélie.

Une fois le choc passé, une vague de protestations s'élève dans l'assistance. Mᵐᵉ Richard tâche de faire revenir le calme en reprenant la parole :

— Tut, tut, tut ! Pas la peine de rouspéter. Je suis certaine que vous serez entre bonnes mains. Maintenant, dans un tout autre ordre d'idées, j'aimerais vous rappeler que les finissants présenteront leur pièce de théâtre *Les héros de mon enfance* de Michel Tremblay, demain soir, à 19 h. Le spectacle se tiendra à l'auditorium, et les billets seront en vente à la porte. Ne manquez pas ça !

Ophélie rayonne de recevoir une telle publicité pour la pièce de théâtre sur laquelle elle a tant travaillé avec sa troupe. Elle n'est pas peu fière de ses décors, et ne peut qu'espérer qu'un maximum d'élèves pourra les voir.

Mᵐᵉ Richard conclut :

— Avant de vous laisser à votre examen, j'aimerais une fois de plus féliciter Ludovic Blouin-Delorme pour l'événement spectaculaire qu'il a organisé dans le cadre de son projet personnel. La compétition multidisciplinaire « Planches d'enfer » a été couronnée de succès. Trois de nos élèves assistent présentement à la Coupe du monde de planche à roulettes à Marseille, en France, et c'est grâce à lui. On applaudit Ludovic pour ce bel accomplissement ! Si vous le voyez, dites-lui que je l'invite cordialement à se présenter au gala d'excellence, ce soir. Il pourrait être récompensé…

18

21 juin, à Marseille

14 h 02. Nos quatre voyageurs descendent du wagon de métro à la bonne station (le Rond-Point du Prado), mais ils prennent la mauvaise direction après avoir suivi à tort les indications d'une touriste allemande très convaincante. Ils auraient dû se méfier des renseignements d'une étrangère, mais elle semblait si sûre d'elle… C'est ainsi qu'ils s'égarent dans le septième arrondissement avant de se retrouver dans le huitième, l'un des plus aisés de Marseille.

Robert s'exclame :

— Eh ben ! Si tous les skateurs français s'entraînent dans des endroits comme ça, c'est pas étonnant que votre ami Fabrice soit aussi bourgeois !

— Franchement, p'pa !

— Ben, quoi. C'est vrai ou non ?

— J'avoue que c'est pas laid, ici ! reconnaît Samuel.

En suivant le flot des passants, ils repèrent enfin le site de la compétition, droit devant.

Le parc Borély est noir de monde. C'est à peine si Annabelle, Loïc, Sam et son père parviennent à circuler, tellement la foule est compacte et survoltée. Les spectateurs chahutent allègrement en attendant le début des épreuves. La lutte promet d'être chaude, car de très grands planchistes de la scène mondiale sont censés être présents.

L'événement en est déjà à sa troisième journée, bien qu'aujourd'hui marque le début officiel de la compétition professionnelle. En effet, ils ont manqué la « compet kids » de mercredi et la « compet amateur » d'hier, au grand dam d'Annabelle qui rêvait de s'y inscrire.

Le petit groupe réussit malgré tout à s'approcher du module semblable à une gigantesque piscine creusée entièrement faite de béton, à l'endroit même où se mesureront les skateurs inscrits à la compétition.

Plusieurs tentes blanches carrées sont disposées sur le site, la toile de leur toit pointant vers le ciel azur. La Méditerranée s'étale devant eux.

— WOW! Débile, le *set-up*, s'enthousiasme Annabelle en découvrant l'étendue des installations.

— Mets-en, confirme Sam.

Une quarantaine de skateurs professionnels, de France ou d'ailleurs, sont réunis à l'occasion de l'épreuve « bowl » de la Coupe du monde de skateboard, qui se tiendra de 14 h 30 à 18 h.

Le technicien de son interrompt la chanson *Hell on Wheels* de Fu Manchu pour céder la parole à l'animateur :

— Bienvenue aux qualifications de la World Cup Skateboard-eu! annonce celui-ci d'emblée avec un accent marseillais à couper au couteau.

« Les Français devraient s'abstenir de parler anglais… », pense Sam, préférant garder sa réflexion pour lui seul, histoire d'éviter d'offenser les gens qui l'entourent. Si les compatriotes de Fabrice sont aussi susceptibles que lui, le frisé est aussi bien de tourner sa langue sept fois dans sa bouche avant de parler.

— Nous sommes aujourd'hui réunis pour la discipline *bowl** de la Sosh Freestyle Cup, l'une des huit étapes de la Coupe du monde. Unique arrêt de la compétition en sol français.

Le public est bruyant, déchaîné. Il règne une telle cacophonie que c'est à peine si on perçoit le blabla de l'animateur qui s'époumone dans son micro :

— Nos quarante-huit skateurs seront regroupés en *heat* de six participants. Notre jury les notera principalement en fonction des critères suivants : variété de figures, hauteur des sauts, fluidité dans l'enchaînement des *tricks*, transfert de *bowls*, réalisation de figures en *switch**, utilisation élargie du skatepark* et des extensions de modules-eu !

Les yeux des trois amis s'agrandissent de stupéfaction lorsqu'ils apprennent que vingt mille euros sont en jeu. Il ne leur en faut pas plus pour rêver de prendre part à une compétition si prestigieuse.

L'animateur poursuit :

— Alors, on débute par un *run* de présentation individuel d'une durée de soixante secondes par concurrent. Viendra ensuite une *jam session** par *pool**.

— Hein ? Ils disent UN *run* et UNE *jam*, note Samuel, surpris de constater que l'emploi du féminin ou du masculin diffère de ce qu'il a toujours connu (et entendu).

La France n'a décidément pas fini de le surprendre !

19

C'est aux alentours de 19 h que les quatre Québécois finissent par quitter le site de la Sosh Freestyle Cup, les yeux pétillants et le visage fendu d'un sourire éclatant. Annabelle a la tête pleine d'images des *tricks* hallucinants qu'elle a découverts, des figures spectaculaires qu'il lui tarde d'essayer.

Robert leur promet de s'informer pour trouver un skatepark où ils pourront se défouler une heure ou deux le lendemain, dans la matinée ou en début d'après-midi, puisque le quart de finale de la Coupe du monde ne commence qu'à 15 h. Aussi bien trouver une activité qui plaira à son fils et à ses amis. Après tout, c'est pour eux (et grâce à eux) qu'il est ici. L'adulte accompagnateur se console en pensant qu'il sera toujours temps de convaincre les adolescents de visiter un lieu historique ou un musée quand la compétition sera terminée. Ils auront encore trois jours devant eux pour se cultiver un peu et explorer la ville en quête de ses trésors cachés.

— Il est 13 h au Québec. Qu'est-ce que vous diriez de vous arrêter dans un café Internet pour donner de vos nouvelles à vos parents ? propose Robert.

— Bah, ça presse pas, dit Loïc en haussant les épaules.

— Ouais, ça peut attendre encore un peu…, confirme Annabelle.

Le père de Samuel insiste :

— Ta mère doit commencer à s'inquiéter. Ça la rassurerait sûrement de savoir qu'on est arrivés et que tout se passe bien.

— J'imagine…

Ils partent donc à la recherche d'un café Internet pour aller prendre leurs messages et donner des nouvelles à leurs parents, histoire de les rassurer quant au déroulement du voyage.

Samuel est surpris de trouver un message de Fabrice dans sa boîte de réception. Il s'empresse d'ouvrir le courriel qui leur est adressé, à Loïc et à lui :

À : Samuel Blondin (sam_shikotte@hotmail.com) Loïc Blouin-Delorme (loic_bede@hotmail.com)

De : Fabrice de Courval (fabulous@gmail.com)

Objet : INCROYABLE, MAIS VRAI ! ! !

YO, LES MECS ! ! !

Loin de moi l'idée de gâcher vos belles vacances sur MON territoire, mais il fallait absolument que je vous écrive pour vous dire qu'on est dans le pétrin (et je dirais même dans le PURIN) jusqu'au cou pour l'année prochaine.

À partir de septembre, la directrice sera remplacée par une dictatrice.

Hé oui, la Vipère !

Mais, bonne nouvelle : BD, ton frère a reçu une médaille pour son implication « exemplaire » dans la compétition Planches d'enfer.

Ouais, je vous dis, c'est le monde à l'envers… La preuve, c'est moi qui devrais être en France et pas vous ! :-P

Allez, profitez bien de la grande gastronomie française (pour moi), vous ne retrouverez pas ça de sitôt !

Fab le Fabuleux

Le courriel qu'Ophélie a envoyé à Annabelle est plus… chaleureux, disons :

À : Annabelle Poitras (annabillabong_16@hotmail.com)
De : Ophélie Boisvert (opheliedanslesnuages.gmail.com)
Objet : Mauvaise nouvelle

Salut Bébelle !

J'espère que vous faites un beau voyage jusqu'à présent. Les gars sont pas trop énervés/énervants ? Est-ce que la ville de Marseille est aussi belle qu'elle en a l'air ? Te sens-tu dépaysée ? Comment est votre hôtel ? Et la compétition, c'est cool ?

Bon. Désolée pour l'interrogatoire… Fini les questions pour aujourd'hui, promis !

Si je t'écris, c'est pour prendre de tes nouvelles (évidemment), mais aussi pour t'annoncer une SUPER MAUVAISE NOUVELLE. Es-tu bien assise ? J'espère que oui parce que sinon tu risques de tomber ! Je t'avertis, c'est vraiment, vraiment poche :

Madame Richard prend sa retraite et devine qui la remplace ??? J'ai décidé de te laisser trouver par toi-même. Indice : la future PIRE directrice au monde.

Oh, et parlant de « pire personne », Xavier m'a montré l'enveloppe qu'il est censé glisser dans le casier de Marion demain, et je dois dire que t'es une vraie petite démone ! En tout cas, j'espère qu'il se fera pas prendre en flagrant délit par le monstre à deux têtes à cause de toi. Il est fou d'avoir accepté de te rendre service pour une idée aussi tordue!

Faut vraiment que j'y aille, les autres m'attendent pour les derniers préparatifs avant la pièce de ce soir. J'espère que ça va me changer les idées!!!

Bon voyage! Amusez-vous bien... Je pense très fort à vous, espèces de chanceux!

Ophélie xoxo

PS: Mat te fait dire bonjour.

*

Pendant ce temps, Loïc s'enferme dans la cabine n° 7 en espérant que ce chiffre universellement reconnu comme porte-bonheur lui porte chance. En fait, c'est la troisième cabine téléphonique qu'il essaie, mais, s'il a choisi celle-ci, c'est parce qu'elle est sans contredit la moins odorante (merci, petit ventilateur des années quatre-vingt-dix!), bien qu'il y flotte malgré tout une légère et, disons-le, écœurante odeur de transpiration.

Il compose son propre numéro de téléphone comme un automate, sans penser qu'un indicatif international le sépare de la maison. Il recompose une fois, puis deux, sans succès. Il finit par se résoudre à sortir de la cabine pour demander de l'aide au sympathique commis réfugié derrière son comptoir-caisse et son air bête.

Les explications baragouinées dans un français douteux par le quinquagénaire chauve laissent à désirer. Loïc finit par comprendre qu'il doit d'abord faire le code du pays, soit 001 pour le Canada, avant de composer le code régional, suivi de son numéro de téléphone.

« La vie était tellement plus simple dans le film *E.T.* Il suffisait de pointer le doigt vers le ciel pour téléphoner-maison" », pense-t-il, nostalgique.

BD se dirige de nouveau vers la cabine, mais un homme obèse à la chemise auréolée de sueur a profité de son absence pour s'approprier SA cabine téléphonique. La plus aérée. Il lui fait les gros yeux avant de se résoudre à entrer dans le deuxième isoloir le moins odorant pour appeler chez lui.

Il tape, cette fois, le numéro au complet sur le clavier et tend l'oreille en espérant une tonalité qui tarde à venir. C'est finalement son grand frère qui décroche, vingt-quatre secondes plus tard (à en croire le compteur).

— Allô?

— Salut, Ludo.

— Hé, l'frère! Je pensais pas que t'appellerais. Ça va?

— Ouais, toi ?

— Pas pire, pas pire.

— Est-ce que p'pa est là ?

Un bref silence s'installe sur la ligne.

— Ouais, répond enfin Ludovic. Mais tu pourrais quand même faire l'effort de me parler, c'est grâce à moi pis à ma compétition que t'es en voyage, t'sais…

— On se parle, là… Qu'est-ce que tu veux que je te raconte ?

— J'sais pas, ce que tu veux ! C'est comment, la France ? Pis la Coupe du monde de skate ? Ça doit être *bad* en sale !

— Ouais, c'est vraiment *nice*. Les gars sont solides. Surtout Danny Leon et Greyson Fletcher.

— Je les connais pas, mais c'est cool. J'suis content pour toi. Pis ça se passe bien avec Bébelle pis Bozo ?

— Hum-hum.

— T'as pas l'air sûr ?

— Ben oui, tout se passe bien ! Pourquoi ça irait mal ? ! réplique Loïc, un peu trop sur la défensive.

— Calme-toi. C'était juste une question comme ça, pour jaser.

— Si tu le dis… Pis toi, ça se passe comment de ton côté ? demande Loïc, plus pour renvoyer la balle à son frère et le distraire que par réel intérêt.

— Correct.

— Ah, je voulais te féliciter pour ta médaille pis ta mention spéciale.

— Merci, mais… t'as appris ça comment, toi?

— Par Fabrice.

— Ouin, les nouvelles vont vite. Est-ce qu'il t'a dit autre chose à propos de moi?

— Non. Pourquoi?

— Pour rien.

— Voyons, t'es ben bizarre. Qu'est-ce qui se passe? l'interroge BD.

Mais il regrette sa question dès l'instant où Ludo commence à lui déballer son sac. Son grand frère se met à lui raconter que des langues sales répètent à qui veut l'entendre que la compétition était truquée. Arrangée depuis le début par le gars des vues, en l'occurrence lui. Trois participants ont exigé qu'on leur rembourse le montant de l'inscription, menaçant même de lancer une action collective si l'organisateur n'obtempère pas.

— C'est une blague? réussit enfin à articuler BD, seule phrase semi-cohérente qui parvient à se frayer un chemin à travers ses pensées embrouillées.

— Non, non, je suis très sérieux. Mais j'ai ma p'tite idée pour arranger ça.

— C'est quoi?

Loïc entend Michel, leur père, sermonner Ludo :

— Laisse ton frère tranquille avec ça. Qu'il profite de son voyage. On en reparlera à son retour.

BD aurait effectivement préféré ne rien savoir de cette histoire. Mais Ludo n'est pas assez délicat et attentionné pour penser lui-même à ce genre de choses. Il est encore trop occupé à regarder son propre nombril sécher pour s'en soucier.

Un gros «BAM!» dans la porte vitrée de sa cabine le fait sursauter. Son cœur palpite. Loïc regarde par-dessus son épaule et découvre Sam (ou «SAM!», selon les circonstances), le visage et les mains étampés dans la vitre, la bouche ouverte en une grimace hideuse.

Loïc secoue la tête d'un air exaspéré pour lui faire comprendre qu'il n'a pas choisi son moment et que ça ne l'amuse pas du tout, même si, au fond, il trouve toujours le frisé et ses (vieilles) blagues aussi divertissants après toutes ces années d'amitié.

Il lui présente son index, ce qui peut aussi bien être interprété comme «Une minute, j'arrive!» que «Arrête ça tout de suite ou je te rentre mon doigt dans le nez». Sam choisit visiblement la deuxième version, car il recule en se pinçant les narines.

Loïc reprend sa position initiale, en tête-à-tête avec ce téléphone public qu'il soupçonne de transmettre le rhume, tellement il est visqueux, et annonce à son frère :

— Il faut que je raccroche. Les autres m'attendent.

— Veux-tu que je te passe p'pa pour que tu lui parles deux minutes ?

— Non, c'est beau. De toute façon, je reviens bientôt. Dis-lui juste que tout va bien.

— OK.

La voix hyperactive de Xavier résonne dans le combiné, lointaine, mais distincte :

— C'est BD ? Je veux lui parler, passe-le-moi !

— Bon. Ton demi-frère exige d'entendre ta douce voix. Ciao ! susurre Ludo avant de tendre le combiné au rouquin.

— Allô ?

— Salut, Xav, répond Loïc d'une voix qui trahit son impatience.

— Ça va ? T'as pas l'air de filer.

— Ouais, ça va. Pourquoi tu dis ça ?

— Je sais pas. Une impression…

— OK. T'avais quelque chose à me dire ?

— Non, rien de spécial. Je voulais juste savoir si vous faites un beau voyage.

— Oui, super. Vous, tout se passe bien à la maison ?

— Ouais, c'est ben relax, disons… Ma sœur est partie magasiner, ma mère est au travail, pis ton père a pris congé pour passer l'après-midi avec nous, entre gars.

Loïc pense « Wow ! Papa doit vraiment avoir peur que Ludo fasse sauter la baraque, pour rentrer si tôt… » Mais, ne pouvant rien changer au mini-drame qui se joue chez lui Outre-Atlantique, il se contente de dire :

— Cool.

— En passant, tu diras à Annabelle que j'ai accompli ma mission jusqu'au bout.

— Sans faute. Bon, je dois y aller. Ils attendent après moi.

— Attends deux secondes, Ludo veut te dire quelque chose avant que tu raccroches…

Loïc soupire, même s'il est flatté d'être ainsi sollicité. Il ne s'attendait pas à leur manquer autant…

— Hé ! Encore moi ! fait Ludo. Je voulais juste te dire d'en profiter au max.

— Compte sur moi.

BD s'apprête à raccrocher, mais il entend son aîné se racler la gorge à l'autre bout du fil, raclement qu'il interprète comme une tentative pour retenir son attention. Ludovic se risque enfin à proposer :

— On fait comme si je t'avais rien dit à propos de la compétition et des rumeurs qui circulent, OK ?

— Hum-hum.

— Tu diras rien aux autres ?

— Non. J'veux pas gâcher leur voyage, moi.

— Ouch ! J'imagine que je l'ai mérité. J'ai hâte de te voir, *bro*. Reviens en un morceau.

Loïc a déjà raccroché. Il a décollé le combiné de son oreille après *bro*, si bien qu'il n'a entendu que le début de la dernière phrase, ces mots planant sur la cabine comme une menace : «Reviens en un mor… Reviens-nous mort ?!» BD frissonne, mais se ressaisit en se rendant à l'évidence : la ligne a tout simplement coupé à un bien drôle de moment.

Dès qu'il met un pied à l'extérieur de la cabine, Sam l'interpelle :

— Hiii ! Tu devrais voir ta face… T'as l'air d'un revenant !

— Merci pour le compliment.

— Non, sans blague, qu'est-ce qui va pas ?

— Rien. C'est juste que… je pensais que ça me ferait du bien d'appeler chez nous, mais finalement mon frère est aussi gossant à distance !

— Ha ! Ha ! Quelle surprise ! ironise le frisé. Attends, laisse-moi deviner : monsieur l'organisateur se vantait d'avoir vingt-trois nouveaux amis Facebook et le numéro d'une fille grâce à sa compète ?

— Non, non, on a pas parlé de «Planches d'enfer»…, nie spontanément Loïc en passant la main dans ses cheveux d'un geste nerveux.

Sam connaît le moindre de ses tics nerveux.

— Impossible. Ton frère parle tout le temps de sa compétition, ça l'obsède complètement!

— Plus maintenant.

— Qu'est-ce qui s'est passé?

— Rien. Il se concentre sur ses cours d'été…

Sam le dévisage, sceptique, avant de déclarer:

— Eh ben! Fab a raison, pour une fois… C'est vraiment le monde à l'envers!

20

C'est la Saint-Jean-Baptiste! Fabrice, Xavier, Mathis et Ophélie se sont donné rendez-vous à la plage municipale de Rawdon pour célébrer la fête nationale, mais ils étaient loin de se douter qu'il serait aussi difficile de se retrouver parmi la cohue de fêtards et toutes ces jeunes familles à poussette.

Fabrice et Xavier, les mordus de technologie, n'ont pas eu trop de mal à se repérer mutuellement. Deux ou trois textos, et le tour était joué. Par contre, Mathis et Ophélie n'ayant pas de téléphone cellulaire, les deux autres ont dû se résigner à se poster près de l'entrée pour les attendre.

Quand le couple finit par arriver au beau milieu du discours patriotique, le Roux note spontanément:

— Hé! C'est la fête du Québec, mais je suis en compagnie d'un Français pis d'un République dominicain!

— On dit «Dominicain», Xav…, le reprend Mathis en secouant la tête, découragé.

— République DOMINICAIN. C'est ça que j'ai dit.

— Non. Pas « République dominicain », juste « Dominicain ». Pis, de toute façon, c'est niaiseux ce que tu dis… Je suis aussi Québécois que toi !

— Ben là ! proteste Xavier.

— Quoi ?

— Peut-être pas autant, là…

— Qu'est-ce qui te fait dire que je le suis moins que toi ? C'est parce que je termine pas toute mes phrases par « là » ? Ou parce que je suis Noir ?

— Non, non, recule Xavier, se sentant attaqué. C'est juste parce que t'es né ailleurs, t'sais.

— Ouais… mais j'ai passé toute mon enfance ici, quand même.

Pour ne pas s'avouer vaincu, le rouquin continue d'argumenter :

— Les bébelles qui sont faites en Chine, c'est pas parce qu'elles sont vendues au Dollarama du coin qu'elles sont québécoises pour autant !

— Tu me compares aux bébelles à une piastre faites en Chine ? Merci, c'est gentil.

— J'crois que le Roux confond « origines » et « identité », avance Fabrice.

— On dirait, ouais.

Mathis propose à ses amis de s'installer légèrement en retrait sur la plage, là où ils auront suffisamment d'espace pour étendre la couverture de pique-nique à carreaux qu'a apportée

Ophélie. Ça prenait bien sa copine (la meilleure!) pour songer à leur confort.

En échange, Mathis lui a promis de laisser son lecteur MP3 et ses écouteurs dans son sac à dos toute la soirée; dur défi qu'il se dit prêt à relever. Avec ou sans sa musique, il trouve toujours le moyen de se réfugier dans sa bulle, surtout depuis qu'il fréquente la jolie hippie dont la présence lui procure (presque?) autant de joie que le reggae ou le ska.

Mathis est sur son petit nuage, un sourire immense étampé sur le visage.

Mais son expression s'assombrit tandis que ses trois amis prennent place sur la couverture. Au lieu de s'asseoir face à la scène, il préfère lui faire dos pour regarder l'eau.

Il scrute le lac, les sourcils froncés.

— Euh… Mat? C'est par là, le spectacle, fait doucement remarquer Ophélie.

— Je sais.

— Qu'est-ce qu'il regarde? s'informe Fabrice auprès de Xavier.

— Aucune idée, souffle celui-ci.

Mathis pivote sur lui-même pour répondre:

— Je me demandais juste s'il y a des algues bleues, ici aussi.

— Ah non… Tu vas pas recommencer! grogne Fabrice.

— Ben, non, c'est une blague, leur assure le jeune écolo en rigolant de bon cœur.

— J'espère !

— Je vais quand même pas mener l'enquête ce soir… mais y a rien qui m'empêche de revenir demain, par contre, laisse planer Mathis, à moitié sérieux.

Tandis que Fabrice lui fait les gros yeux, Ophélie éclate de ce rire cristallin, presque enfantin, qui fait craquer Mathis à tout coup. Il l'attire vers lui pour lui plaquer un doux baiser sur la joue, ce qui la fait aussitôt redoubler d'hilarité. Son rire est si contagieux que les trois garçons finissent par y succomber.

« Ces deux-là sont vraiment faits pour aller ensemble… », se surprend à penser Xavier en les regardant se bécoter, un tantinet envieux.

Jouer les admirateurs discrets l'aurait-il rendu romantique ? Possible… Sinon comment expliquer la vague de compassion qui l'envahit dès qu'il aperçoit Marion, à quelques mètres devant lui ?

La pauvre fait semblant d'être absorbée par la prestation du groupe néofolklorique sur scène, alors qu'elle est visiblement bien plus intriguée par la scène qui se déroule à ses côtés : Chanel tortillant une mèche de ses cheveux en se laissant draguer par deux garçons, sans lui accorder la moindre attention.

Marion reste là, les bras croisés, résignée.

Et Xavier reste là à la regarder, embarrassé.

L'expression qu'elle affiche ce soir lui rappelle sa réaction lorsqu'elle a découvert la photo d'Annabelle et réalisé que les lettres n'étaient que pure invention. Marion semblait si déçue d'apprendre l'inexistence de son premier admirateur que le rouquin s'était senti profondément mal à l'aise de la filmer pour immortaliser son regard noyé d'incompréhension.

Il a d'abord eu le réflexe d'effacer le film, mais il s'est ravisé à la dernière seconde, quand la question « Êtes-vous sûr de vouloir supprimer cette vidéo ? » est apparue à l'écran. Sachant qu'Annabelle demanderait à la regarder dès son retour de France, il s'est dégonflé... et l'a conservée.

Des détonations aussi puissantes que des coups de feu, sinon plus, le tirent de ses pensées.

POUM... poum-POUM... POUM... poum-POUM...

Les feux d'artifices illuminent le ciel de couleurs et de formes extravagantes en pétaradant bruyamment pour souligner les festivités en beauté, avec un soupçon d'audace et de solennité. Même Fabrice-l'éternel-bavard est silencieux.

Marion choisit ce moment pour se retourner vers eux, se sentant sans doute observée.

Elle reconnaît aussitôt Xavier et risque un timide salut à son intention.

Le Roux n'en croit pas ses yeux.

Étrangement, toute la haine et le mépris qu'il entretenait depuis le début du secondaire à l'égard de Marion, le chien de poche de Chanel, s'envolent à cet instant précis. Xavier n'irait pas jusqu'à dire qu'il éprouve du respect ou de la pitié pour elle, mais il ressent certainement de la sympathie.

Ou une certaine forme de solidarité.

Après tout, ils se ressemblent un peu, tous les deux. Comme elle, il a plus l'âme d'un suiveux que d'un leader.

Sans que ce soit clairement dit, Xavier sait d'instinct que ce salut vient d'enterrer la hache de guerre et de signer une trêve de paix. Son intuition lui dit que Chanel et Marion ne les agaceront plus de sitôt, ses amis et lui.

21

Annabelle n'a jamais compris l'obsession qu'ont les filles pour les miroirs.

Où qu'elles passent, leur regard est irrésistiblement attiré par toute surface réfléchissante : une fenêtre d'auto, la vitrine d'un magasin, l'écran de leur iPhone, les plaques de glace, les flaques d'eau… qu'importe, tant qu'elles peuvent mirer leur propre reflet pour s'assurer qu'elles n'ont pas une mèche de travers ou un bourrelet qui dépasse du pantalon.

« Pathétique ! » pense Annabelle en croisant malgré elle son reflet dans le miroir de sa chambre d'hôtel. Elle se laisse toutefois prendre au jeu, étudiant son profil dans un mélange d'indifférence et de fascination.

Comme n'importe quelle fille, la jeune skateuse a certains complexes, à commencer par sa poitrine déjà trop développée qui attire inévitablement l'œil des garçons (et des filles aussi, d'ailleurs… mais pas pour les mêmes raisons). Oui, il y a bien deux ou trois détails de son anatomie qu'elle changerait volontiers d'un coup de baguette magique si elle se découvrait des dons de sorcellerie. Mais puisque ses défauts disparaissent comme par magie dès qu'elle décide de les ignorer, à quoi bon perdre un temps précieux devant le miroir si c'est pour se faire du tort?

En replaçant derrière son oreille les fines rastas qui tombaient sur son visage, Annabelle a le malheur de découvrir un énorme bouton sur son front. Cette découverte achève de la convaincre de s'éloigner de cette satanée glace au plus vite. Tout pour faire taire la vilaine petite voix dans sa tête qui cherche à la convaincre qu'elle est moche! Non, elle ne tombera pas dans ce piège.

Toc… toc…

Bien que timides, les deux coups sur la porte de sa chambre la font sursauter.

— Oui? crie-t-elle en portant la main à son cœur, qui bat fort dans sa poitrine.

— C'est moi, BD.

Au lieu de l'apaiser, ces mots ne font qu'accélérer son pouls.

Le visage d'Annabelle s'illumine tandis qu'elle se dirige vers la porte pour ouvrir à son ami. Elle risque un dernier regard vers le miroir pour s'assurer qu'elle n'a pas une mèche de travers ou un bourrelet qui dépasse du pantalon.

«Argh! Qu'est-ce qui me prend? Maintenant, c'est moi qui deviens pathétique…» peste-t-elle contre elle-même.

Ce qui ne l'empêche pas de faire retomber ses rastas sur son front dans l'espoir de dissimuler son bouton…

Elle ouvre en essayant tant bien que mal de se donner une allure décontractée, puis l'accueille en lançant simplement :

— Hé !

— Salut.

Il sourit. Annabelle aussi. Ils ont l'air caves (qu'elle se dit).

— Bonne Saint-Jean, lui souhaite son ami.

— Hein ? Je suis tellement déconnectée de la réalité, j'avais même pas réalisé que c'est aujourd'hui. Bonne Saint-Jean à toi aussi !

Il sourit (encore).

— Est-ce que ça te dérange si je viens prendre ma douche ici ?

— Euh… c'est que…, bafouille Annabelle.

Disons simplement qu'elle s'attendait à tout, sauf à cette question.

— Robert est en train d'essayer de réparer la nôtre en attendant le concierge, explique Loïc pour dissiper le malaise ambiant. Je sais pas ce que Sam a fait, mais il y a de l'eau partout depuis qu'il a pris sa douche.

— Ha ! Ha ! Pour vrai ?

— Ouais. Il y en a même sur les murs ! Je pense qu'il s'est battu avec le pommeau de douche…

BD accompagne sa tentative d'humour d'un nouveau sourire — en coin, cette fois — ce qui déstabilise davantage son interlocutrice, déjà dans tous ses états.

Comment résister à une telle attitude, savant dosage de timidité et d'espièglerie ? Et, surtout, comment ne pas succomber à cette (belle) petite gueule d'ange ?

— Oui, c'est beau, tu peux prendre ta douche ici. De toute façon, j'ai fini de me préparer.

— Merci.

— Je pense pas que j'aie besoin de t'indiquer le chemin…, ironise Annabelle en faisant allusion à l'étroitesse de la pièce.

— Non, ça va aller. Je devrais pas me perdre, rigole Loïc.

Il soutient son regard jusqu'à ce que la porte de la salle de bain se referme sur lui. Annabelle l'entend s'activer derrière le battant, percevant le froissement des vêtements qui tombent sur le sol. Son cœur s'affole, se livre à une exubérante chorégraphie de *popping* qui ferait fureur à l'émission *La fièvre de la danse*.

« Pourquoi ça me fait autant d'effet de le savoir dans la pièce d'à côté ? Peut-être que c'est le fait de l'imaginer… nu ? Oh, mon Dieu, pourquoi je pense à ça ?! »

Annabelle réalise que ses serviettes hygiéniques sont restées bien à la vue, sur le comptoir

de la salle de bain, juste à côté de sa crème dépila-
toire et… du tube de Préparation H, médicament
destiné à soigner les hémorroïdes mais qu'elle
utilise pour atténuer ses cernes. Elle est tombée
par hasard sur ce truc, un soir, en feuilletant l'un
des magazines-de-bonnes-femmes de sa mère
qui traînait sur le comptoir de la cuisine.

« OH, MON DIEU! Qu'est-ce qu'il va penser
de moi? Faut que j'enlève ça. »

— BD?

— …

N'ayant pas de réponse, elle frappe un coup à
la porte de la salle de bain pour se justifier :

— J'ai oublié de prendre quelque chose. Est-
ce que je pourrais entrer deux secondes?

— Euh… oui, oui. Attends.

Loïc apparaît, une serviette nouée à la taille.
Ce n'est pas la première fois qu'Annabelle le voit
torse nu, ils se sont souvent baignés ensemble,
mais ils n'avaient jamais été aussi près… ni aussi
seuls.

En s'avançant vers lui pour attraper les objets
incriminants, la main d'Annabelle frôle son bras.
Loïc se déplace sur le côté pour lui permettre
d'atteindre ce qu'elle veut prendre, mais elle a le
réflexe de s'approcher davantage. De son corps,
puis de son visage. Ils se regardent en silence sans
trop oser respirer.

C'est alors qu'elle commet l'irréparable.

Annabelle lève le menton et ferme les yeux, se risquant à espérer le contact des lèvres de BD. La bouche entrouverte, elle reste là, à attendre un baiser qui ne vient pas…

Quand elle se résigne enfin à rouvrir les yeux, le meilleur ami de son copain s'est déjà enfui, sans bruit.

Aussi rapide et discret qu'un ninja…

✳

À: Léa Savoie (lea_savoie@hotmail.com)
De: Annabelle Poitras (annabillabong_16@hotmail.com)
Objet: URGENT BESOIN DE CONSEIL!!!!!!!!!!!!

Léa!!!!

J'ai pas beaucoup de temps pour t'écrire. Sam va arriver d'une minute à l'autre… En plus, il y a un monsieur louche qui me fait des gros yeux parce que je l'ai dépassé dans les escaliers pour aller m'asseoir avant lui au seul poste d'ordinateur de l'hôtel. J'aurais pas dû, je sais, mais c'est une urgence, bon!

J'ai gaffé, Léa. J'ai fait une grosse, GROSSE erreur… Ça vient tout juste d'arriver, je suis encore sous le choc. Il faut que je t'en parle, mais je t'avertis: je me sens déjà assez mal, c'est pas la peine de me faire la morale. C'est clair?

Je sais pas trop par où commencer… Disons que tu avais raison. J'ai intérêt à prendre une décision, et vite. Il serait temps que je choisisse entre Sam et BD. Je sais pas ce qui m'a pris, mais j'ai essayé de l'embrasser.

Pas Sam.
BD.
Le « faux jumeau » que tu trouves suuuuuper beau.

Je suis venue pour l'embrasser, mais il est parti.

Je sais déjà ce que tu penses : j'aurais dû laisser Sam avant de faire une connerie. T'as raison, je te l'ai déjà dit. Mais je te jure sur le pacte du jujube que c'était pas prévu. J'avais vraiment, mais vraiment rien planifié. C'est juste… arrivé.

J'ai le don de tout gâcher. Je me sens TELLEMENT mal, t'as pas idée ! Sauf que je mentirais si je disais que je le regrette à 100 %. Parce qu'entre toi et moi, c'est vrai que Loïc est suuuuuuper beau.

Je sais pas si je fais bien de te raconter tout ça, mais si je peux pas en parler avec ma meilleure amie, avec qui est-ce que je pourrais le faire ? C'est ça : personne ! J'espère juste que tu me trouves pas trop conne…

Qu'est-ce que je devrais faire, d'après toi? Est-ce que je devrais l'avouer à Sam ou garder ça pour moi? Est-ce qu'il faudrait que j'en parle avec Loïc aussi? C'est la première fois que je me retrouve dans une situation comme celle-là. J'aurais tellement besoin de ton avis! Réponds-moi vite, OK? En attendant, je vais continuer de faire comme si de rien n'était…

Oups! Je pense que le monsieur louche est allé se plaindre de moi à la réception. Je sens que je vais bientôt devoir céder ma place au vieux grincheux. Je dois filer. J'espère que tout va bien de ton côté. Tu en profiteras pour me donner de tes nouvelles. Salue Zoé et Thomas de ma part… mais va surtout pas leur répéter ce que je viens de t'écrire!!!

J'attends tes conseils.

JTM fort!!!
Bébelle-qui-badtripe-solide

PS: Désolée pour ce looooong roman fleur bleue. Une chance que t'aimes lire!

Une vingtaine de minutes plus tard arrive un message qu'Annabelle ne peut voir, n'étant déjà plus connectée. Un message qui, de toute façon, ne lui aurait pas été d'un grand réconfort…

À : Annabelle Poitras (annabillabong_16@hotmail.com)
De : Léa Savoie (lea_savoie@hotmail.com)
Objet : RE : URGENT BESOIN DE CONSEIL ! ! ! ! ! ! ! ! ! ! !

Oufff ! ! ! Salut ma belle !

J'avoue que ÇA, c'est toute une nouvelle. Quoique… c'est pas comme si je m'y attendais pas du tout. Je t'ai pas trouvée super convaincante quand on parlait de tes sentiments pour BD, le jour de la compé. Mais j'aurais jamais pensé que tu passerais à l'acte et que tu essaierais d'embrasser le meilleur ami de ton chum ! ! !

OK, je suis désolée. Je sais que la dernière chose que tu veux, c'est que je te fasse la morale, mais c'est plus fort que moi. Sérieux, à quoi t'as pensé, Nana ? ! ? « À rien », tu vas me dire. Et c'est justement ça le problème. En tout cas, si t'as le réflexe de frencher BD, c'est sûrement que ton p'tit cœur essaie de t'envoyer un signe.

Pour que tu ressortes le pacte du jujube des boules à mites (ou plutôt des boules à mythes), faut que ce soit très, très sérieux. J'espère que mes conseils t'aident au moins un peu. Je suis désolée de te mettre le nez dans ton caca comme à un chien, mais des fois, ça fait du bien de faire face à nos erreurs (crois-moi, je sais de quoi je parle).

Pour le moment, je te conseillerais de rester discrète.
Dis rien à Sam. Au faux jumeau non plus. Attends
de voir s'ils s'en parlent avant de tout avouer pis
d'empirer ton cas. Si tu y tiens vraiment, tu pourras
toujours dire la vérité au frisé à votre retour de voyage,
quand vous serez plus ensemble 24 heures sur 24.
À moins que tu tiennes vraiment à vivre un voyage
d'enfer ;-)

Allez, je te laisse. J'ai d'autres âmes en peine à
consoler (et à conseiller).

Moi aussi JTM fort, même si je suis dure avec toi,
c'est pour ton bien… Et je te rappelle que tu l'as déjà
été avec moi !

Gros smack, ma belle ! xoxoxo

22

Annabelle, Sam et Loïc — alias les Three-Sixters — n'arrivent pas à se faire à l'idée que le voyage en France est déjà terminé. Aussi palpitant fût-il, ce séjour n'a assurément pas assez duré. C'est tout juste s'ils ont eu le temps de s'acclimater au rythme de vie de Marseille et de s'habituer à l'accent distinctif de ses habitants.

Bref, ils auraient volontiers pris quelques jours de plus pour skater dans ce cadre enchanteur et pour goûter pleinement à la vie (et à la gastronomie) française, mais c'est le temps pour eux de rentrer au bercail, ne leur en déplaise.

Avant même qu'ils n'arrivent à l'aéroport, Sam s'est fait à l'idée qu'il ne prendra pas le risque de s'humilier une seconde fois. Nausée ou pas, le Gravol de sa mère restera sagement dans sa petite boîte, à l'intérieur de sa trousse de toilette, au fond de sa valise, dans la soute à bagages. (L'arbre est dans ses feuilles, maluron, maluré !)

Pour s'assurer de rester éveillé et, ainsi, d'éviter de baver sur les cuisses de sa bien-aimée, le petit frisé a ingurgité trois canettes de Coca-Cola

en moins de temps qu'il n'en faut pour crier:
«Diabète!»

Résultat: il n'arrête plus de roter!

Son meilleur ami trouve certes la situation amusante, mais on ne peut pas en dire autant de sa copine, de son père et des passagers qui les entourent. Entre la réputation de baveux ou de roteux, Samuel n'a peut-être pas choisi le moindre des maux, finalement.

Par chance, ses éructations disgracieuses commencent à se faire plus rares, une fois le repas servi.

Loïc avale sa dernière bouchée de tortellinis noyés dans la sauce rosée et se tourne vers Annabelle pour lui annoncer:

— J'ai rendez-vous avec ton beau-père demain…

— Ah oui?

— Ouin…

— Ichhhhh! Ç'a tellement l'air de te tenter, dit Annabelle, sarcastique.

— Ben, disons que je m'en serais passé.

— Il va te poser des broches à toi aussi?

— Non. Un appareil de rétention supérieur amovible.

— Un quoi?! demandent Samuel et sa belle en chœur.

— Bah, je vous avoue que je sais pas trop ce que c'est non plus. Il m'a dit que c'est un genre d'appareil que je vais devoir porter la plupart du temps, mais que je vais pouvoir enlever.

Si Annabelle ne voit toujours pas clairement de quoi il s'agit, le nom suffit à lui inspirer une vision d'horreur : BD avec la mâchoire emprisonnée dans d'épaisses courroies de caoutchouc noir, la bouche qui peine à fermer sur les deux rangées de fil de métal rappelant des barbelés.

« Yark ! Il va être super laid avec ça ! » appréhende-t-elle en reprochant secrètement à Alain-Haleine, son faux-père qui pue du bec, d'être un sadique qui s'enrichit sur le dos des adolescents pour le simple plaisir de les enlaidir.

Elle se contente de dire :

— Eh ben ! J'espère juste qu'il va laisser mes autres amis tranquilles. Xavier et toi, c'est déjà assez.

— Vu que t'en parles… ton beau-père veut aussi me rencontrer, bluffe Sam.

— Tu me niaises ?

— Ha ! Ha ! Ouais !

— Oh, t'es vraiment cave. Je pensais que t'étais sérieux !

— Tu m'as déjà vu sérieux, toi ?

— Bon point, reconnaît Annabelle.

— Par contre, je suis censé aller à Montréal pour rencontrer William Picard, mon manager.

Sa belle ne se gêne pas pour blaguer en prenant un air faussement guindé :

— Bon, bon, bon… Monsieur a rendez-vous avec son manager !

Loïc lui lance un regard à la dérobée qu'elle ne saurait interpréter. Il pourrait tout aussi bien vouloir dire « ta blague est vraiment plate » que « j'aurais vraiment le goût de t'embrasser ». Annabelle penche davantage pour la première hypothèse parce qu'elle ne veut pas se faire de faux espoirs. Sauf que la seconde est nettement plus… emballante ! Casse-gueule ? Sans doute un peu des deux.

De toute manière, Samuel se charge à lui seul de rompre la magie par une nouvelle série de rots bien sentis.

Après tout, quoi de mieux qu'une bonne vieille symphonie gastrique pour gâcher un moment romantique ?

23

Au lendemain du retour des ThreeSixters, Annabelle, Mathis, Xavier et Fabrice se sont donné rendez-vous au skatepark de Rawdon pour célébrer le début de l'été par une bonne séance de palettes* entre amis.

Il ne manque que Sam et Loïc. Le frisé est allé rencontrer son commanditaire à Montréal afin de discuter de son horaire d'entraînement et de ses engagements pour la saison à venir. BD, lui, viendra les rejoindre un peu plus tard, dès qu'il sortira du cabinet d'Alain, le beau-père d'Annabelle.

À leur arrivée au parc, le groupe d'amis fait involontairement fuir deux enfants d'à peine sept ans. Ou sept ans et demi, pour être généreux. En effet, en voyant ces adolescents arriver, les gamins s'empressent de leur laisser la voie libre avant d'être chassés par les plus vieux.

Annabelle est abasourdie de reconnaître l'un des enfants qui s'enfuient.

— Hé, c'est Jules… C'est mon p'tit frère !

« Depuis quand Jujube fait du skate ? Il aurait pu m'en parler, je lui aurais enseigné ! » s'offusque

Annabelle. Mais elle se console en constatant que son petit frère a pensé à enfiler un casque et des genouillères (à moins que ce ne soit sa mère qui ait insisté?)

— Hein? Qu'est-ce qu'il fait ici? s'étonne à son tour Xavier.

— Aucune idée.

— Et pourquoi il se sauve? demande Mathis.

— Je sais pas. Mais je vais pas tarder à le savoir.

Elle s'élance vers la sortie en criant le prénom de son frère comme si Jules s'écrivait avec dix «u» et trois «l»: Juuuuuuuuuullles. Elle passe de l'autre côté de la clôture avec son skate sous le bras. Une fois dans la rue, Annabelle grimpe sur sa planche et fonce droit vers le duo d'apprentis skateurs qui s'éloigne en zigzaguant maladroitement d'un bord à l'autre de la chaussée.

Elle les rattrape en moins de deux, ayant beaucoup plus d'expérience qu'eux.

Pendant ce temps, les gars s'installent à leur aise et font des étirements en s'appuyant sur les modules. Quand Annabelle revient, Loïc les a déjà rejoints. Xavier s'informe:

— Pis? C'était bien lui?

— Ouais.

— Qu'est-ce qu'il t'a dit?

— Qu'il fait du skate depuis le début du mois de juin… Paraît qu'il a été impressionné par ma victoire durant la compétition de skate et que ça lui a donné le goût d'essayer.

— Wow, c'est cool, ça! Mais pourquoi il t'en a pas parlé?

— Il dit qu'à chaque fois qu'il a voulu me l'annoncer, j'étais trop occupée pour l'écouter, explique Annabelle en fixant le sol, repentante.

Il est vrai qu'elle n'a pas accordé beaucoup d'attention à Camille et à Jules ces derniers temps. Entre les examens de fin d'année, la compétition et son voyage en France, elle n'a pas été très présente à la maison… mais ce n'est pas une raison pour les négliger. Annabelle se fait la promesse de ne plus jamais crier à Jules de la laisser tranquille, même s'il entre dans sa chambre sans cogner ou s'il la surprend en flagrant délit de clavardage sur Facebook. Même s'il pose toujours ses mille et une questions sur le même ton énervant.

Bon. À bien y penser, elle décide de se garder tout de même une ou deux options «pétage de coche», en cas de force majeure.

Quand elle relève enfin les yeux, son regard croise celui de BD, à qui elle demande spontanément:

— Mon faux-père t'a pas trop martyrisé?

— À toi de juger.

Loïc écarte les lèvres pour lui offrir ce qui pourrait ressembler à un sourire si l'expression était plus assumée. Qu'importe. Sa timidité le rend d'autant plus attirant aux yeux d'Annabelle, surtout qu'elle ne distingue toujours pas l'appareil sur ses dents.

« Il est allé à son rendez-vous, oui ou non?! » s'interroge-t-elle en se rapprochant. En y regardant de plus près, elle finit par discerner deux rangées de fils quasi transparents.

Soulagée, elle s'apprête à lancer : « Wow ! C'est subtil », mais elle est devancée par Xavier :

— On voit presque rien !

— Oh, un peu, quand même-eu…, le contredit Fabrice.

— C'est pour ça que j'ai dit « presque », se justifie le Roux.

Annabelle confirme :

— Je m'attendais à pire que ça.

— Moi aussi, reconnaît Loïc en se passant la main dans les cheveux.

De plus en plus embarrassé d'être le centre d'attention, il cherche désespérément un moyen de faire diversion. Il réalise alors qu'il a le meilleur prétexte au monde, juste sous les yeux :

— Bon. C'est pas que j'aime pas parler de mes dents, mais… on est ici pour skater, non ?

Xavier mord à l'hameçon :

— Ouais ! Vous étiez censés nous ramener des nouveaux *tricks* de France !

— J'en ai peut-être deux ou trois à vous montrer, mais j'ai pas eu beaucoup de temps pour m'entraîner, leur avoue Annabelle. J'ai encore de la misère à les lander, mettons.

— Pas grave. On veut voir ça!

Elle récupère son skate sur le sol et s'apprête à (essayer de) leur en mettre plein la vue, mais une voix interrompt son élan :

— En tout cas, j'espère que vous en avez profité à fond, parce que vous avez été chanceux de partir en voyage quand même…, laisse tomber Fabrice.

— Pourquoi tu dis ça? réagit instantanément BD.

— À cause des plaintes que ton frère a reçues. Il a dû t'en parler.

— Oui, je savais.

— Moi aussi! avoue Xavier.

— QUOI? Et vous m'avez rien dit? s'indigne Annabelle.

— Bah, c'est pas important, ce que les gens pensent. On s'en fout, d'eux. Nous, on sait qu'on s'est donnés à fond, pis qu'on l'a méritée, notre première place.

La sagesse de Loïc les laisse pantois. Il en profite pour ouvrir son sac à bandoulière et en extraire quatre exemplaires de la dernière édition de l'hebdomadaire *Le Petit Lanaudois*.

— Vous avez vu l'article?

— Non… quel article?

Au lieu de gaspiller sa salive et de se perdre en explications, BD leur tend à chacun un journal ouvert à la bonne page. Annabelle va s'installer au sommet du *quarter-pipe** avec sa planche pour lire, bientôt imitée par Xavier. Mathis s'assoit en équilibre sur le rail* et Fabrice reste debout, déjà trop absorbé par l'article pour songer à se poser quelque part.

LA COMPÉTITION « PLANCHES D'ENFER » FAIT ENCORE DES REMOUS

Réjean Thériault
rejean.theriault@lepetitlanaudois.com

En janvier dernier, l'équipe du Petit Lanaudois rencontrait le jeune Ludovic Blouin-Delorme à la station touristique Val Saint-Côme, où devait se tenir la première épreuve de sa compétition multidisciplinaire « Planches d'enfer », organisée dans le cadre d'un projet scolaire. L'événement à grand déploiement se déclinait en trois étapes s'échelonnant sur plusieurs mois, à commencer par l'épreuve de planche à neige, au début de février, suivie de l'épreuve de planche à roulettes, en mai, et l'épreuve de planche nautique, en juin.

Le déroulement de l'événement sportif amateur n'aura décidément pas été de tout repos. La grande finale de la compétition a créé bien des remous, provoquant un sentiment de grogne parmi les participants. En effet, certains concurrents accusent — à tort ou à raison — l'organisateur et les membres de son jury d'avoir manqué d'impartialité quant à la sélection des vainqueurs et à la remise des prix. Fait à noter : le voyage toutes dépenses payées à Marseille, en France, à l'occasion de la Coupe du monde de skateboard offert en guise de grand prix a fait bien des envieux, et n'est sans doute pas étranger au sentiment d'injustice qu'il suscite. Par ailleurs, les membres de jury que nous avons contactés nous ont assuré que l'équipe gagnante a fait l'unanimité, en raison du pointage accordé et de la constance des trois planchistes : Samuel Blondin, Annabelle Poitras et Loïc Blouin-Delorme (ce dernier n'étant nul autre que le frère de l'organisateur).

Ludovic Blouin-Delorme a gentiment accepté de répondre à nos questions.

Que pensez-vous des allégations qui pèsent contre vous et votre organisation ?

Je trouve ces accusations complètement ridicules! Elles sont une insulte à mon intégrité et à celle du jury. Si j'avais voulu tricher, ce sont mes amis que j'aurais fait gagner. Je n'ai accepté aucune forme de favoritisme, c'est contre mes principes.

Avez-vous l'intention de rembourser les frais d'inscription?

Absolument pas. Une compétition de type amateur ne sera jamais parfaite, mais j'ai travaillé très fort pour que mon événement soit le plus réussi possible. Il y aura toujours des gens pour se plaindre, mais je suis satisfait de mon projet et je sais que je n'ai rien à me reprocher. Il est donc évident que ces personnes ne seront pas remboursées, puisque les frais d'inscription ont déjà servi à couvrir les dépenses relatives à l'organisation. Après tout, ces personnes ont véritablement participé à la compétition. Elles ont profité de mon organisation pour s'entraîner et s'améliorer. Ça reste une expérience, qu'elle soit bonne ou mauvaise.

Pensez-vous organiser d'autres compétitions, à l'avenir?

Bonne question! Il y a de fortes chances que j'organise d'autres compétitions, mais je ne pense pas trop à ça pour le moment. Chaque chose en son temps. Je préfère profiter de mes vacances d'été pour relaxer avec mes amis. Je pense que je l'ai bien mérité.

Annabelle n'a plus que la conclusion à parcourir quand elle relève les yeux du journal, sentant une nouvelle présence derrière son dos. Une voix confirme ce qu'elle avait deviné :

— On vous dérange pas, j'espère ?

La jeune skateuse fait volte-face pour découvrir un «ami» qu'elle a elle-même invité ici, il n'y a pas si longtemps.

— Hé, Fillette ! Je m'attendais pas à te voir là.

— Une invitation comme ça, ça se refuse pas.

L'élève de Félix-Léclair sourit. C'est la première fois qu'elle le voit si sincère.

— Ça tombe bien que tu sois là. J'allais justement faire une démo des nouveaux *tricks* que j'ai appris en France. Ouvre grand les yeux, ça pourrait te servir pour ta prochaine compé! déclare-t-elle, le sourcil relevé.

Baveuse, mais bonne joueuse.

*

Pendant ce temps, au centre-ville de Montréal, Sam ressort de son important rendez-vous les bras chargés d'énormes sacs remplis à craquer de cadeaux : trois t-shirts KAOS, deux casquettes, un casque protecteur, un manteau (beaucoup trop beau !), une paire de bottes de *snow** hyper-confo et, bien sûr, la nouvelle planche à neige tant attendue. Le modèle dernier cri, qui fera crever Fabrice de jalousie.

Mouahahahaha !

Son père semble tout aussi impressionné que lui par sa visite dans les flamboyants bureaux du groupe KAOS. William Picard est assurément un chic type entouré d'une équipe fort sympathique. Mais ils ont d'abord été éblouis par l'extravagante décoration ainsi que par les innombrables trophées et planches en démonstration.

— Wow ! J'en reviens pas. C'est comme Noël, mais en été.

Robert rit de bon cœur.

— Mets-en ! Félicitations, fils. Tu viens de gagner le gros lot.

— Je sais. C'est trop fou pour être vrai.

— Maintenant, reste à annoncer à ta mère que son fils chéri part pour un mois aux États-Unis…

— Ouin, pis à ma blonde aussi.

— Ouf ! Y en aura pas de facile ! plaisante son père.

Robert ne croyait pas si bien dire : une contravention l'attend sur le pare-brise de sa voiture.

Mais à quoi bon s'en faire avec des détails aussi futiles? Bientôt, son fils deviendra un planchiste de renommée internationale!

24

La famille Simard-Aubin s'est envolée pour le Mexique.

Malgré l'absence de Mathis, ses amis ont passé l'après-midi à s'amuser dans leur petit *cable park* semi-privé sous la surveillance de Michel, le père de BD, et de sa nouvelle copine Jo Ann, la mère de Xavier. Ils se sont amusés à peaufiner de vieilles figures déjà bien rodées et à en essayer de nouvelles, puis ils se sont baignés pour oublier la canicule qui persiste, s'élançant du quai pour faire des bombes spectaculaires et éclabousser les adultes qui rechignaient à se saucer...

Bref, inutile de dire que toute cette activité leur a creusé l'appétit!

Pas étonnant que personne ne proteste lorsque Michel suggère d'aller casser la croûte Au Vieux Poêle. Nos cinq planchistes amateurs s'empressent d'accepter avant que le père de Loïc ne change d'idée. Sam et BD — deux habitués du restaurant — commencent déjà à saliver en pensant aux délices qu'ils se mettront sous la dent. Le frisé sait déjà ce qu'il commandera : une méga-poutine avec un extra de fromage en grains pour savourer pleinement cette délicieuse symphonie de «couic-couic» qui ravit ses oreilles autant que ses papilles. Son meilleur ami prendra quant à lui la même chose que d'habitude, soit un dégoulinant pizza-ghetti.

La petite bande vient tout juste de prendre place à l'une des tables du restaurant familial quand Sam entreprend de se racler la gorge en se tortillant sur sa chaise pour attirer l'attention de ses amis. Quand tous les yeux sont tournés vers lui, il lance sans plus tarder :

— J'ai toute une nouvelle à vous annoncer ! J'attendais juste que ce soit officiel et que le contrat soit signé pour vous en parler.

— Envoye fort, l'encourage Loïc en picorant sans grande conviction dans son assiette, visiblement épuisé par sa journée au grand air.

Le frisé ne se fait pas prier. Depuis le temps qu'il attend ce moment.

— J'ai été invité à participer au camp d'entraînement du team Kaos, en Oregon !

— Cool ! Mais… c'est où, ça, l'Origan ? demande Xavier.

Sam décide de ne pas relever l'erreur, trop impatient de donner plus de détails sur l'expérience extraordinaire qui l'attend.

— C'est aux États-Unis, dans le nord de la Californie.

— Pis? T'as accepté, j'espère, dit Loïc, désormais pendu à ses lèvres.

— Mets-en que j'ai dit oui! C'est le rêve d'une vie! Imaginez… du *snow* à longueur de journée, durant tout l'été.

— TOUT L'ÉTÉ?! s'étouffe Annabelle, une frite en travers de la gorge.

— Une bonne partie, en tout cas. Le camp dure un mois.

— OK, ouin… pis tu pars quand?

— Le 8 juillet, dans une semaine.

— Ça veut dire que tu seras même pas là pour ma fête…

— Euh… c'est quand ta fête?

— Le 14.

Fabrice est particulièrement fier de préciser:

— Hé, le 14, c'est aussi la fête nationale des Français! Il faut célébrer ça en grand.

— On fêtera tout ça avant mon départ, dans ce cas! s'exclame Sam avec un enthousiasme forcé.

— Ouin, on verra…

C'est tout ce que la blondinette à rastas parvient à articuler, tellement elle est abasourdie que Sam ne lui ait absolument rien dit avant aujourd'hui. Elle est sa blonde, après tout. La moindre des choses aurait été de la prévenir… non?

— T'as pas l'air contente pour moi, fait remarquer Sam.

— Oui, oui, je suis contente. Super contente, même. C'est juste que… je me serais attendue à ce que tu nous en parles avant de prendre une décision.

— C'est pas comme si la question se posait. Une occasion comme celle-là, ça se refuse pas !

— Il marque un bon point, reconnaît Fabrice.

Annabelle se renfrogne, agacée d'être mise devant le fait accompli. Elle dit :

— J'avoue, mais… en tout cas. T'es pas le seul à avoir une bonne nouvelle à annoncer.

— Ah ?

— J'ai reçu une demande d'entrevue du magazine *Exposé* pour leur numéro spécial « Rookie », hier.

— Wow !

— Trop cool.

— Tu vas être la seule skateuse présente au *shooting* photo ou vous allez être plusieurs ?

— Je sais pas encore. Je crois qu'on est censées être deux ou trois.

— C'est quand ? Je pourrais peut-être t'accompagner…

— Ça me surprendrait. C'est le jour de ton départ.

— Dommage. Hé, parlant de *shooting*, je viens d'avoir une idée ! On devrait aller jouer au paintball pour ta fête ! propose Sam pour se racheter.

Annabelle le toise d'un regard indéchiffrable.

— Ouais, ce serait génial ! s'excite déjà Fabrice.

Les deux garçons font mine de se tirer dessus à bout portant en tentant d'imiter le son des déflagrations, mais les bruits de leurs fusils imaginaires rappellent davantage un marteau-piqueur défectueux.

Annabelle soupire, faussement exaspérée.

— OK, je viens, mais… à condition qu'Ophélie vienne aussi.

— Ça devrait pouvoir s'arranger ! lui promet Sam, assez confiant pour être convaincant.

25

Depuis le temps qu'il leur vantait les mérites du Bigfoot — le meilleur centre de paintball du monde, selon son avis personnel ET la description du site officiel —, Samuel se régale de lire l'excitation sur le visage de ses amis quand ils découvrent enfin les lieux. Le frisé ne tient plus en place, tellement il est ravi d'avoir réussi à organiser l'anniversaire de sa belle ici, dans cet endroit hors du commun situé sur la route 343, à Saint-Alphonse-Rodriguez, à quelques kilomètres de chez lui.

Il est déterminé à lui faire vivre une expérience extraordinaire qu'elle n'oubliera pas de sitôt. Cette idée lui aura certes coûté cher (une bonne partie de son premier chèque de KAOS), mais Sam serait prêt à bien des sacrifices pour offrir à Annabelle le plus inoubliable des cadeaux.

L'aventure commence dès le stationnement alors qu'ils sont accueillis par les énormes camions militaires chargés du transport des troupes. La partie n'est même pas commencée qu'ils ont déjà l'impression d'être propulsés dans un scénario digne des meilleurs jeux vidéo.

Fabrice profite du trajet à bord du camion pour lancer son opération intimidation:

— Ça va être ta fête aujourd'hui, ma fille-eu! annonce-t-il pompeusement à Annabelle, qui ne saisit pas tout de suite le sens de la menace.

— Non, ma fête, c'est dans neuf jours.

— C'était une façon de parler… pour te faire comprendre que tu ne perds rien pour attendre-eu!

— Ah.

Première tentative ratée. Fabrice se promet de revenir à la charge au moment opportun.

Au camp de base, tandis qu'ils revêtent tous leur équipement digne de braves petits soldats, Ophélie se tourne vers Annabelle, les lèvres tremblantes et le teint verdâtre:

— Je peux pas croire que je me suis laissé convaincre de vous accompagner…

— Ça va être cool, tu vas voir.

— Ils nous ont fait signer une décharge comme quoi ils sont pas responsables si on a un grave accident ou si on meurt… tu réalises?!

Annabelle tente lamentablement de la rassurer, mais elle ne peut s'empêcher de rigoler:

— Bah, ça veut rien dire! C'est normal qu'ils se protègent.

— Ouais, ben… ils pourraient penser à nous protéger avant!

Xavier, qui écoutait leur conversation sans en avoir l'air, se permet de préciser d'une voix qui se veut détachée :

— La bonne nouvelle, c'est que le tarif de la journée inclut les assurances.

Il le sait, il a vérifié. Mais ça ne l'a pas tranquillisé pour autant... En vérité, le Roux est aussi terrifié qu'Ophélie, sauf qu'il a bien trop d'orgueil pour le laisser paraître devant ses virils amis dont le taux de testostérone grimpe en flèche depuis qu'ils ont mis les pieds ici.

— Ha! Ha! Capotez pas, tous les deux. Ça va bien aller.

— En tout cas, c'est vraiment juste parce que je t'aime que je suis là, Bébelle.

— Ah, moi aussi je t'aime! Mais t'as pas à t'en faire, je suis sûre que tu vas triper.

— Badtriper, tu veux dire !

— Allez, fais pas ta chochotte, intervient Fabrice. C'est pas parce que ton mec est pas là pour te protéger que tu dois t'empêcher de vivre. Nietzsche disait : « Ce qui ne nous tue pas nous rend plus fort. »

Toujours aussi diplomate qu'un grand primate.

— Justement! J'ai pas envie de mourir !

— Non, t'inquiète. On va être gentils avec toi. Mais avec Annabelle, par contre...

— Ha. Ha. Très drôle, réplique celle-ci bien qu'elle pense le contraire.

— Oh, je suis sérieux. Très sérieux, même. Pas vrai, les gars?

Annabelle soutient son regard pour ne pas s'avouer vaincue face à ses fausses menaces.

— Ouais, tu vas y goûter, promet Xavier.

— Moi, je pense que c'est plutôt vous qui allez y goûter…

— Oh, que j'ai hâte de voir ça! s'enflamme Sam, solidaire de sa dulcinée.

Ils sont momentanément interrompus par l'instructeur venu leur présenter les règlements et leur expliquer le déroulement de la journée.

— Je vois que tout le monde a enfilé tout ce que je vous ai donné: l'habit, les gants, votre ceinture avec vos chargeurs…

Xavier ne perd pas de temps pour couper la parole à l'instructeur en demandant:

— C'est quoi, les chargeurs?

— Les réservoirs de billes.

— Les billes?! s'étouffe-t-il. Je pensais que c'était juste de la peinture…

— La peinture est contenue dans les billes.

— Ouch, ça doit faire mal.

— Si tu voulais pas te faire mal, fallait trouver une autre activité que le paintball! tranche l'instructeur d'un ton cassant. Par contre, si t'insistes, je peux te prêter une coquille pour protéger tes p'tits bijoux de famille.

Xavier fait non de la tête, même s'il meurt d'envie de dire oui. Les autres garçons échangent des regards consternés, les yeux ronds, soudain moins braves à l'évocation du danger potentiel qui guette leurs parties intimes.

— Les filles, vous avez mis votre plastron?

Pendant qu'Annabelle acquiesce, Ophélie lui murmure:

— Notre quoi?

— L'espèce de truc qui ressemble à un gilet pare-balles qu'il nous a donné tantôt avec le reste de l'équipement.

— Ah! Je pensais que c'était un bouclier pour se défendre...

Annabelle s'esclaffe, ce qui n'échappe pas à l'instructeur.

— Il y a un problème, les filles?

— Non, non. C'est juste qu'elle a oublié de mettre son plastron.

— Pas grave. Elle le mettra pendant que vous remplirez vos chargeurs de billes et que je remplis les siens. *GO!* On a plus une minute à perdre. L'autre groupe est déjà prêt, il vous attend sur le terrain.

— Quel autre groupe?

— Vous serez jumelés avec dix autres joueurs. En semaine, c'est minimum quinze personnes par troupe.

Le visage d'Ophélie s'assombrit.

— Ç'aurait été l'fun qu'on le sache avant.

Cette fois, Annabelle est de son avis.

— J'étais sûr de vous l'avoir dit, se défend Sam en montant dans le camion militaire qui doit les conduire à l'emplacement de leur première mission.

C'est effectivement à l'entrée du deuxième cimetière, devant le terrain connu sous le mystérieux nom de code (pas si secret) «*Apocalyse Now*», que les dix autres joueurs les attendent.

Un simple regard dans leur direction fait craindre le pire aux moins courageux d'entre eux. Les grands gaillards masqués qui leur font face en tapant du pied et en poussant des soupirs d'impatience ont l'air de vrais géants, ainsi vêtus de leurs habits de camouflage à l'aspect particulièrement menaçant.

— Il était temps! On allait commencer sans vous…, annonce l'un d'eux d'une voix bourrue qui aurait sans doute offusqué Annabelle si elle ne l'avait pas reconnue.

— Ludo?! demande-t-elle, confuse. Qu'est-ce que tu fais ici?

— Tu pensais vraiment qu'on manquerait ta fête, Landry pis moi?

— Oh, merci! C'est trop cool que vous soyez venus! Mais… les autres sont là pour moi, aussi?

— Ah non.

Le Gros Landry regarde par-dessus son épaule pour s'assurer que personne d'autre ne l'écoute et baisse le ton pour déclarer :

— Eux, ce sont des habitués de la place. Des vrais pros. D'ailleurs, ils nous ont promis de nous massacrer, avant que vous arriviez.

Voilà qui risque fort de les rassurer…

*

À : Ophélie Boisvert (opheliedanslesnuages@gmail.com)
De : Mathis Simard Aubin (mat_simard@sympatico.ca)
Objet : Get up, stand up

Salut Ophélie,

J'espère que tu m'en veux pas trop d'avoir attendu aussi longtemps pour t'écrire. J'avais oublié que la technologie se rendait jusqu'ici. Héhé.

Comme tu peux voir, je suis toujours en vie. T'as plus à t'inquiéter pour les requins, c'est fini le surf pour moi (pas à vie, mais pour ce voyage-là, en tout cas).

On vient d'arriver à Guadalajara. C'est une grosse ville super loin de la mer. Par contre, il y a un immense fleuve avec des cascades à environ une demi-heure d'ici, mais c'est tellement pollué qu'il y a des gens qui sont morts après s'être baignés dedans ! ! ! Je sais que c'est un peu macabre. Tu t'attendais sûrement à des nouvelles de mon voyage, pis moi, je te parle de morts… mais c'était juste pour te dire que j'ai participé à une manifestation de Greenpeace là-bas, aujourd'hui, et j'ai jasé pas mal avec un gars de l'organisation, vraiment intéressant. J'ai pas compris tout ce qu'il disait (c'était en espagnol), mais il m'a donné plein de super bons conseils, des nouvelles idées pour agir dans Lanaudière. Ça m'a rappelé que c'est notre devoir de protéger nos lacs et nos rivières avant qu'il soit trop tard. Mais pour y arriver, je vais avoir besoin de toi.

Le titre du message, c'est pour la chanson de Bob Marley. Tu l'écouteras. Ça pourrait te motiver à vouloir continuer de te battre pour la cause avec moi ;-)

Get up, stand up
Don't give up the fight

J'aurai peut-être pas la chance de te réécrire d'ici mon retour, la semaine prochaine, mais je pense à toi.

Hâte de te voir.
Mat

PS : Merci pour la photo. Je sais pas si le nuage me ressemble, mais il est vraiment *sick*!!!!

Mathis clique sur «*enviar*», particulièrement satisfait d'avoir réussi sans trop de mal à taper son message sur un clavier étranger et, surtout, d'avoir vaincu son allergie aux ordinateurs pour envoyer un courriel, son premier depuis une éternité.

Malheureusement pour lui, le moment n'aurait pu être plus mal choisi pour parler de guerre et de stratégies à Ophélie. Lorsqu'elle prendra son message après sa rude journée au Bigfoot, il y a fort à parier que la jolie lunatique ne rêvera que de paix et de tranquillité… avec, de préférence, un bon bain chaud pour relaxer son pauvre corps traumatisé d'avoir été ainsi malmené.

Alors, la guerre, non merci. Elle a assez donné pour aujourd'hui!

*

Cette journée a filé à la vitesse de l'éclair. Six heures d'adrénaline pure se sont écoulées lorsqu'ils quittent le site du Bigfoot en fin d'après-midi, épuisés et crasseux, mais furieusement heureux.

La tête pleine d'images, Annabelle ferme les yeux pour se repasser le fil de cet instant surréel où elle s'est découvert un véritable instinct de guerrière. Quelqu'un venait de la surprendre en surgissant de l'arrière de l'hélicoptère où elle s'était cachée pour reprendre son souffle. Sa visière était si embuée qu'elle n'y voyait presque rien. Impossible de savoir s'il s'agissait d'un membre de sa troupe ou de l'équipe adverse.

Elle aurait pu se figer sous l'effet de la surprise et de la peur, mais elle a plutôt eu le réflexe de tirer deux fois.

BANG! BANG!

Une tache jaune, une tache bleue. Deux coups précis vis-à-vis des yeux.

S'il n'avait pas porté son masque à visière, BD serait aveugle, à cette heure. Cette sombre pensée la fait frissonner. Elle n'avait jamais eu aussi peur avant aujourd'hui. Peur de blesser ou d'être blessée. Elle n'avait jamais autant mesuré le danger qu'en ayant le sentiment d'être traquée comme une proie.

Cette expérience lui a fait prendre conscience de la cruauté de sa petite manigance à l'égard de Marion. Elle se promet de ne plus insister auprès de Xavier pour qu'il lui montre les vidéos qu'il a tournées. Il en fera bien ce qu'il veut, mais en ce qui la concerne, la blague a assez duré.

Au-delà de la culpabilité, cet anniversaire battait assurément des records, côté intensité. Annabelle n'avait jamais ressenti autant d'émotions fortes concentrées en une seule et même journée.

Sa mère passe à un cheveu de faire une commotion en la voyant arriver à la maison. Il faut la

comprendre : sa fille est tellement méconnais-
sable, ainsi barbouillée de boue et de peinture
multicolore de la tête aux pieds, qu'elle l'envoie
d'urgence sous la douche avant qu'elle salisse ses
meubles et son beau plancher.

En se dénudant, Annabelle découvre avec
fascination les ecchymoses spectaculaires qui
font déjà leur apparition sur son corps meurtri.
Si sa mère les voyait, elle se plaindrait :

— Bon ! Les voisins vont encore nous mena-
cer d'appeler la DPJ…

Annabelle se doute que les hématomes aussi
colorés que les billes qui les ont provoqués n'auront pas disparu le jour de sa séance photo et de
son entrevue pour le spécial « Rookie »… mais ça
lui est parfaitement égal. Au moins, elle ne risque
pas de passer inaperçue parmi les nouvelles recrues ! La sportive extrême est même sûre de gagner en crédibilité, avec son look passablement
amoché.

Difficile d'espérer mieux, pour une première
apparition remarquée dans les pages du magazine *Exposé* !

26

Robert dépose Samuel au débarcadère du Centre hospitalier régional de Lanaudière en lui rappelant qu'il doit être sorti dans vingt minutes, au plus tard, sans quoi ils n'arriveront jamais à temps pour le rendez-vous avec l'équipe KAOS, devant le guichet d'enregistrement des bagages, à l'aéroport de Montréal.

Avant de prendre la route pour Dorval, Samuel a fortement insisté auprès de ses parents pour qu'ils acceptent de faire un petit détour par la voie de contournement de l'autoroute 343, pour une visite éclair à l'hôpital. Le frisé ne pouvait se résoudre à partir sans avoir salué quelqu'un qu'il ne reverra sans doute pas de sitôt. Une personne cinq fois plus âgée que lui qu'il respecte et qui l'apprécie, malgré ses défauts…

— C'est Mme Richard que tu vas voir? demande Christophe en posant la main sur son bras pour le retenir.

Le geste ne l'aurait pas dérangé si les doigts de son grand frère ne s'étaient pas resserrés pile sur la méga-bosse multicolore qui a poussé sur son biceps au lendemain de sa folle journée de paintball.

Sam se défait brusquement de l'emprise de son aîné en réprimant une grimace de douleur, pour ensuite acquiescer d'un simple signe de tête avant de se dépêcher de sortir.

Il a déjà un pied à l'extérieur quand son frère annonce d'un ton résolu :

— Je viens avec toi.

— C'est une mauvaise idée, les gars. On est pressés, proteste leur mère.

Mais Christophe joint le geste à la parole en ouvrant la portière avec empressement.

— Attends, Christophe ! Laisse-nous au moins le temps d'aller chercher ton fauteuil roulant, lui ordonne Robert en sortant du véhicule.

La minute suivante, Robert et Louise regardent leurs fils s'éloigner, partagés entre l'envie de sourire et celle de les réprimander. Christophe avance à un rythme effréné, guidé par son jeune frère qui court à en perdre le souffle, derrière. Un agent de sécurité se charge aussitôt de rappeler les deux jeunes Blondin à l'ordre, évitant ainsi à leurs parents de passer pour des fatigants.

Samuel et Christophe font un bref arrêt à la réception pour connaître le numéro et l'emplacement de la chambre de celle qu'ils sont venus visiter. Ils prennent l'ascenseur en rigolant et en ressortent dans le même état sous l'œil noir d'un patient, lui-même en fauteuil roulant.

Sam fait à peine quelques pas avant de freiner sec devant la chambre 317, passant près d'éjecter son grand frère de son fauteuil. Il se justifie en disant simplement:

— C'est ici!

Malgré son enthousiasme, il hésite à faire un pas de plus, intimidé par le regard insistant du premier patient en entrant. La chambre est plus spacieuse, mais aussi plus peuplée qu'il ne s'y attendait…

— Je la vois pas. Je pense qu'on s'est trompés.

— Non, elle est là, au fond, assure Christophe en pointant un doigt devant lui.

Samuel reconnaît enfin la femme chétive couchée sur le lit près de la fenêtre. Elle ne lui avait jamais paru si âgée. Mme Richard lui fait l'effet d'une fleur fanée déposée sur une mer d'oreillers. Trop légère pour s'enfoncer dans ces inconfortables coussins bleu ciel.

— Vas-y, je te suis, l'encourage Christophe en plaçant les mains sur ses roues pour lui signifier qu'il peut très bien se débrouiller seul.

— Bonjour, madame Richard.

— Oh, si c'est pas mon cher Samuel! s'exclame-t-elle, tout à coup rayonnante, en le voyant.

— Oui, et je vous ai amené une surprise aussi.

— Ah ?

— En fait, c'est plutôt la surprise qui s'est amenée d'elle-même…

En disant cela, Sam fait un pas de côté pour permettre à son frère d'avancer. Il en profite pour lui balancer une œillade complice.

— Tu es venu avec le beau Christophe, en plus. J'en ai, de la chance !

Sam sourit poliment. Peut-on vraiment se considérer comme chanceux quand on est cloué à un lit d'hôpital ? Grande question à laquelle l'adolescent se promet de répondre plus tard (mais certainement pas ce soir).

— Quand j'ai appris que vous étiez à l'hôpital, je me suis dit qu'il fallait absolument que je vienne vous visiter…, commence-t-il.

— Pis moi, quand j'ai appris que c'était vous qu'il venait visiter, j'ai pas pu résister ! complète Christophe.

Sam se sent soudain mal à l'aise d'être aussi « pétant » de vie dans un endroit comme celui-ci.

— Est-ce que vous allez bien ? se risque-t-il à demander.

— Oui, oui. Je vous avoue que je me sens un peu fatiguée, mais c'est normal. Les médecins m'ont avertie.

— Qu'est-ce que vous avez, au juste ?

— Je veux pas vous ennuyer avec mes histoires de maladie, proteste faiblement la sexagénaire.

— Moi, ça m'intéresse, assure Christophe.

— Moi aussi, confirme son cadet.

Mme Richard leur sourit avec tendresse.

— Mes reins ne vont plus très bien, explique-t-elle en atténuant volontairement les faits. Dans le langage des médecins, je souffre d'insuffisance rénale chronique.

— Est-ce que c'est dangereux?

— Pas si c'est diagnostiqué rapidement. On n'en guérit jamais, mais les traitements ralentissent la progression de la maladie.

— Donc... vous allez pas en mourir? poursuit le frisé sur sa lancée de questions indiscrètes.

— Sam! le sermonne son frère.

— C'est pas grave, mon petit. C'est normal qu'il veuille savoir. C'est la première chose que je me suis demandée, aussi.

Elle prend une pause avant de leur confier:

— Dans mon cas, l'insuffisance rénale a été diagnostiquée un peu tard. J'aurais dû consulter avant, mais j'ai ignoré les signes trop longtemps. Je me croyais invincible, comme Superman! a-t-elle la force de blaguer, preuve indéniable qu'elle appartient à la classe des surfemmes.

«Elle répond toujours pas à la question, se dit Sam. C'est mauvais signe». Mme Richard semble lire dans ses pensées, puisqu'elle ajoute:

— Si je veux continuer à vivre, et c'est le cas, il y a deux options qui s'offrent à moi: la dialyse ou la greffe de rein.

— Qu'est-ce que vous allez choisir?

— Ça ne dépend pas vraiment de moi, plutôt de mon état. Mais c'est sûr que ça joue en notre faveur quand on trouve un donneur…

La fin de sa phrase est interrompue par un bâillement trahissant son affaiblissement.

— Si vous êtes fatiguée, on peut vous laisser dormir… Préférez-vous qu'on revienne à un autre moment? propose spontanément Sam en se disant qu'il pourrait toujours retourner la visiter au retour de son camp d'entraînement.

— Non, restez! Je suis contente d'avoir de la compagnie. Les gens sont pas trop jasants, ici. Ça manque un peu d'ambiance, hi! hi!

Sam et Christophe balaient la chambre du regard pour confirmer ce qu'ils ont constaté dès qu'ils y ont mis les pieds.

— Ouais, c'est sûr qu'on est loin du Club Med…

La remarque de Christophe fait mouche. L'ancienne directrice s'esclaffe et en perd presque son dentier.

— … mais ça peut s'arranger! ajoute Samuel dans un élan d'enthousiasme sincère, quoique un brin exagéré.

Il retire son sac à dos qu'il dépose sur le sol pour l'ouvrir et en sortir trois longs tubes de papier glacé.

— J'ai apporté des affiches. C'était pour décorer la chambre, là où je vais, mais elles vont être parfaites ici. J'en trouverai d'autres là-bas.

Il commence déjà mettre de la gommette à l'endos de ses affiches pour les coller au mur.

— Merci, Samuel. Ça me touche énormément, mais ce n'est pas nécessaire.

— Ça me fait plaisir! Vous en avez plus besoin que moi.

— Bon, si tu insistes…

Bientôt, l'espace réservé à Mme Richard prend des allures de chambre d'adolescent.

— P'tit frère, on va devoir partir. Ça fait déjà plus de vingt minutes qu'on est là…, annonce Christophe en consultant sa montre.

— DÉJÀ? s'exclame Sam avant de se tourner vers sa directrice adorée pour expliquer: J'ai un avion à prendre.

— Ah oui? Vous partez en voyage?

— Juste moi. Je m'en vais m'entraîner en Oregon avec mon équipe.

— Les ThreeSixters?

— Non, Annabelle et Loïc restent ici. Je vais aux États-Unis avec l'équipe du KAOS, mon nouveau commanditaire.

— Oh, si tu savais comme je suis fière de toi, mon petit. Je suis persuadée que tu deviendras un rider d'enfer! C'est bien comme ça, que vous dites, non? Un *rideur*?

Sam sourit, amusé d'entendre cette femme d'un certain âge employer des expressions de jeunes.

— Ouais, c'est ça qu'on dit!

Il devrait déjà être en route pour Dorval, mais il s'en voudrait de partir sans lui avoir posé LA question qui obsède les élèves des Cascades. Il se sent un peu comme l'ambassadeur de ses camarades de classe, ce qui l'encourage à demander:

— Pourquoi vous avez choisi la Vi… Brigitte Vigneault pour vous remplacer?

À en croire son sourire énigmatique, Mme Richard s'attendait à ce que le sujet soit évoqué, tôt ou tard. Peut-être avait-elle même préparé sa réponse à l'avance, à la façon des politiciens.

— Brigitte peut paraître sévère, mais c'est une femme brillante, droite et organisée. Je suis persuadée qu'elle fera une excellente directrice.

Sam reste muet, mais son regard en dit long. La dame sourit.

— Tu n'as pas l'air très convaincu par ce que je te dis.

— Ça dépend ce qu'on entend par «excellente directrice» … mais c'est vrai qu'elle serait parfaite pour diriger une école militaire.

Cette fois, Mme Richard rit de bon cœur. Christophe rigole franchement aussi.

— Elle est loin d'être aussi méchante que vous le pensez… En fait, Brigitte Vigneault est l'une des personnes les plus sensibles et généreuses que je connaisse.

— Euh… c'est une blague, j'espère ?

— Pas du tout.

Tout aussi étonné que son jeune frère, Christophe se risque à demander :

— Qu'est-ce que vous entendez par « généreuse » ?

— Si je vous réponds, vous devez me promettre que ça restera entre nous.

— Oui, c'est promis, font les deux frères à l'unisson.

Le voisin de lit qui épie leur conversation depuis l'arrivée des garçons ne promet rien, lui, mais qu'importe, puisque Mme Richard chuchote :

— Brigitte a perdu son fils quand elle avait vingt-trois ans. Le bébé est né avec une malformation cardiaque, il n'a pas survécu plus de trois mois. Ça lui a tellement brisé le cœur qu'elle n'a plus jamais voulu avoir d'enfant. Mais, depuis ce jour, elle s'est toujours impliquée dans une foule de fondations et d'œuvres pour venir en aide aux enfants malades.

— Wow… je m'attendais pas à ça.

— Mais c'est pas tout.

— Elle a gagné le Nobel de la paix?

— Non, mais ça veut dire autant, sinon plus pour moi. Elle m'a fait le plus cadeau qui soit, leur confie-t-elle, énergisée par l'effet de sa déclaration sur les garçons. Quand elle a appris que nous étions du même groupe sanguin, elle n'a pas hésité une seconde à m'offrir son rein. Il lui reste encore quelques tests à passer pour se qualifier en tant que donneuse, mais si tout va bien, je pourrai être greffée et j'aurai droit à une deuxième chance grâce à celle que vous surnommez « la Vipère ».

— Ouin… j'avoue que ça remet les choses en perspective, admet Samuel.

Christophe lui rappelle une fois de plus qu'ils sont pressés. Les deux jeunes saluent chaleureusement la sexagénaire en lui jurant de revenir la visiter si toutefois elle n'est pas encore sortie de l'hôpital lorsque Sam reviendra des États-Unis.

✳

En route vers l'aéroport de Montréal, le frisé est tellement remué par le récit de Mme Richard concernant la face (très bien) cachée de la Vipère qu'il en oublie presque d'envoyer un texto à sa chérie.

Ce n'est qu'au moment de rejoindre les autres membres de l'équipe du KAOS et leur entraîneur, arrivant à la course avec plus d'un quart d'heure de retard, que Sam y pense de justesse. Il tape en vitesse :

« Bonne entrevue, belle recrue ! »

La réponse lui parvient juste à temps, au moment de l'embarquement :

« Merci. Bon voyage, beau sauvage… ;-) »

27

L'entraînement s'est terminé un peu plus tôt, aujourd'hui. Sam a une bonne demi-heure pour faire ce que bon lui semble avant le souper avec ses camarades de l'équipe KAOS. Il décide d'en profiter pour aller flâner sur Facebook et prendre des nouvelles de ses amis qui commencent déjà à lui manquer.

Il parcourt son fil d'actualité en diagonale, ses yeux se chargeant de départager l'«intéressant» du «banal». Il remarque qu'Annabelle a publié un statut huit minutes auparavant, statut qui le laisse d'ailleurs plutôt perplexe:

«SÉRIEUX, FILLE, TU POURRAIS TE GARDER UNE P'TITE GÊNE AVANT DE CRUISER LES CHUMS DES AUTRES SUR FACEBOOK!!! Non, mais... y a vraiment des claques qui se perdent! T'as de la chance que je sois trop loin pour te refaire le portrait, grande championne.»

Sam se passe la main dans les cheveux en se demandant, de plus en plus nerveux: «De qui elle parle? Pis c'est censé vouloir dire quoi, ça?!»

Trois personnes ont cliqué «J'aime» et une certaine Zoé a commenté d'une série de points d'interrogation, ce à quoi Annabelle s'est contentée de répondre : « Laisse faire. Je me comprends. » La Zoé en question a répliqué : « LOL. J'espère ! » Et puis, plus rien…

Sam fait défiler la page personnelle de sa belle en quête d'indices pouvant justifier sa colère. Il remarque qu'Annabelle a aussi écrit, en date d'hier :

« Trop cool la séance de skate non-stop en bonne compagnie ! J't'aime fort, mon ami !!! — avec Loïc Blouin-Delorme. »

Savoir que sa copine passe du bon temps avec son meilleur ami est loin de le rassurer, même s'il fait confiance à BD. Pour en avoir le cœur net, Samuel décide d'aller faire un coucou à sa belle du côté de la discussion instantanée :

SamShikott dit : Hey, hey !

Annabelle lui répond presque aussitôt (après tout, n'est-ce pas l'avantage de la discussion instantanée ?)

Annabillabong_16 dit : Salut.

SamShikott dit : Ça va ?

Annabillabong_16 dit : Pas pire. Toi ?

SamShikott dit : Ouais, super !

Annabillabong_16 dit : Contente de savoir que t'es vivant…

SamShikott dit : Haha ! Pourquoi tu dis ça ?

Annabillabong_16 dit : Je pensais que tu m'écrirais dès ton arrivée.

« Moi aussi, je pensais que tu m'écrirais », pense Sam. Même s'il n'oserait pas le lui avouer, il attendait de voir combien de jours passeraient avant qu'elle ne daigne lui donner signer de vie.

Samuel voulait tester Annabelle, mais il semblerait qu'elle ait voulu faire pareil.

SamShikott dit : J'avoue que je donne pas beaucoup de nouvelles depuis que je suis ici. Disons qu'on a des grosses journées… on est pas mal occupés !

Annabillabong_16 dit : OK. C'est comment, le camp d'entraînement ?

SamShikott dit : C'est fou raide ! Je tripe comme un malade. Les trainings sont intenses, mais ça vaut la peine. J'ai déjà fait beaucoup de progrès.

Annabillabong_16 dit : Cool.

Le frisé vient pour s'informer sur ce qui se passe d'intéressant de son côté, curieux d'en apprendre davantage sur le déroulement de sa séance photo et de son entrevue pour le magazine *Exposé* (qu'elle lui a simplement décrit comme l'un des plus beaux moments de sa vie), mais sa copine le devance avec une question piège.

Annabillabong_16 dit : Tu t'es fait une nouvelle amie ?

SamShikott dit : Ben… je me suis fait plein de nouveaux amis. Pourquoi ?

Annabillabong_16 dit : Pour savoir.

SamShikott dit : OK…

« Vite, vite. Change de sujet. »

Annabillabong_16 dit : Y a une fille qui arrête pas de te taguer sur ses photos.

SamShikott dit : Ah ouin ? Qui ?

Annabillabong_16 dit : Tu le sais, de qui je parle.

SamShikott dit : Non, je vois vraiment pas.

Faux. Le frisé voit très bien de qui elle veut parler, mais le sujet est trop délicat pour qu'il souhaite l'aborder avec elle par l'intermédiaire de la discussion instantanée.

Annabillabong_16 dit : Frédérique Laliberté, ça te dit rien ?

SamShikott dit : Ah ! Elle… C'est juste une fille du team Québec[27].

Annabillabong_16 dit : Ouais. Juste une fille qui te suit partout comme un paparazzi…

SamShikott dit : Haha ! Pourquoi tu dis ça ?

---

27   L'équipe de snowboard du Québec.

(Il commence à se répéter, preuve qu'il est à court de mots.)

Annabillabong_16 dit: Parce qu'elle te lâche pas d'une semelle, si je me fie aux 12 pics qu'elle a pris de toi dans les 2 derniers jours!!!

SamShikott dit: Elle a pris des photos des autres gars aussi, c'est juste que tu les vois pas parce que t'es pas amie avec eux…

Annabillabong_16 dit: Si tu le dis…

La vérité, c'est qu'elle aurait sans doute de bonnes raisons de s'inquiéter. Même si Sam est fou d'elle, le dicton «loin des yeux, loin du cœur» commence à se faire sentir. Le frisé passe de plus en plus de temps avec Frédérique en dehors des entraînements, car elle est une bonne amie de la copine de Mikaël, son coéquipier. Mika se fait d'ailleurs un plaisir de casser les oreilles à Sam en l'encourageant sans cesse à répondre aux avances (peu subtiles) de Frédérique, ce à quoi celui-ci se contente toujours de répondre: «J'ai une blonde, le gros.»

Il ne demande qu'à raviver leur complicité, mais il a la désagréable impression qu'Annabelle est sur le point de lui filer entre les doigts. Pour savoir si son pressentiment est fondé, la meilleure façon serait de l'affronter de vive voix.

SamShikott dit : Est-ce que t'aurais un peu de temps pour un
      appel vidéo sur Skype ?

Annabillabong_16 dit : Oh, non. Je dois sortir faire des
      courses avec ma mère. Désolée.

SamShikott dit : Dommage…

Annabillabong_16 dit : Ouais.

SamShikott dit : On se reprendra.

Annabillabong_16 dit : Certain.

SamShikott dit : On se reparle bientôt. D'ici là, prends bien
      soin de toi.

Annabillabong_16 dit : Toi aussi. Bisous xx

Il vient pour ajouter un cœur, même si c'est contre ses principes d'être aussi sentimental, mais sa belle s'est déjà déconnectée…

*

À : Léa Savoie (lea_savoie@hotmail.com)
De : Annabelle Poitras (annabillabong_16@hotmail.com)
Objet : Ennemie en vue

Léa!!!

Un jour, il faudrait que tu m'expliques pourquoi tu réponds jamais au téléphone! Ça te sert à quoi d'avoir un cell si personne arrive à te rejoindre? À moins que tu filtres seulement MES appels?!? OK, scuse-moi.

J'écris n'importe quoi, je suis vraiment à cran. Je capote tellement que je commence à paranoïer!!! Je devrais peut-être effacer ce que je viens de t'écrire, mais… je le pense quand même un peu, ça fait que je le laisse. Bon.

Sam a rencontré une fille. Ou c'est plutôt la fille qui l'a rencontré, on dirait… Elle le suit partout!!! Je sais pas si tu peux voir sur la page FB de Sam, mais elle arrête pas de le taguer sur ses photos pis de parler de lui dans ses statuts.

En plus, elle est full belle, la garce!!!! Elle mesure genre 5 pieds 8, elle a les cheveux foncés super longs, des grands yeux bleus… je te jure, elle fait chier! Elle est totalement l'opposé de moi, tsé.

Sam dit que c'est juste une amie, mais j'ai de la misère à y croire. En même temps, je sais même pas pourquoi je m'en fais autant avec ça… C'est peut-être pas une mauvaise chose qu'il rencontre quelqu'un d'autre, si ça peut m'aider à faire un choix. On sort ensemble depuis un mois et demi déjà, pis je suis toujours pas certaine de l'aimer plus qu'en ami.

Toi, qu'est-ce que tu en dis? Est-ce que c'est normal que je sois aussi jalouse? Est-ce que je devrais laisser les choses aller ou faire un *move*?

Maudit que c'est compliqué, l'amour!!!

Signé : La fille qui sait plus trop ce qu'elle veut…
xoxo

28

23 h 08. Annabelle aura officiellement quatorze ans dans moins d'une heure. Pourtant, elle n'a pas du tout le cœur à la fête… À quoi bon se réjouir de son anniversaire quand on s'apprête à décevoir une personne qui nous est chère?

Elle se sent cruellement seule. Et cruelle, point.

Sa meilleure amie est trop loin. Son grand-père Lionel et son (futur-ex) copain aussi…

Comme Léa ne daignait toujours pas répondre à ses appels et à ses courriels, Annabelle s'est résignée à se tourner vers Ophélie pour qu'elle l'aide à annoncer l'inavouable à Samuel.

Elle savait d'avance que la jolie lunatique n'approuverait pas son choix, mais sa décision était prise, irrévocable. Son amie a senti que rien ni personne ne la ferait changer d'idée, alors elle l'a aidée à composer sa lettre de rupture sans broncher.

Résultat: Annabelle ne se reconnaît pas totalement dans ce texte qu'elles ont pondu à deux, mais elle sait qu'elle n'a plus la force de faire mieux. Elle se relit une dernière fois pour trouver

le courage nécessaire d'envoyer ce message qu'il
lui a été si difficile de rédiger :

À : Samuel Blondin (sam_shikotte@hotmail.com)
De : Annabelle Poitras (annabillabong_16@hotmail.com)
Objet : Tellement désolée…

Cher Sam,

Ce que j'ai à t'écrire risque de te faire mal… mais
je peux plus continuer comme ça, comme si de rien
n'était. J'ai pris une grande décision. Je me suis
demandé quelle serait la meilleure manière de te
l'annoncer, pis je me suis rendu compte qu'il existait
pas vraiment de bonne façon. C'est comme un *plaster*,
tsé. Que tu l'arraches lentement ou d'un coup sec, ça
fait mal pareil.

J'aurais pu (j'aurais dû ?) attendre ton retour ou, au
pire, te le dire en pleine face sur Skype, mais j'ai
manqué de courage. C'était trop dur. J'ai tellement
peur de te faire de la peine, tellement peur que tu
m'haïsses… Tu me vois sûrement venir avec « mes
gros sabots », comme dirait mon grand-père. Je vais
arrêter de tourner autour du pot : c'est fini entre nous,
Sam. Je te laisse. Je peux plus être ta blonde.

Va surtout pas penser que c'est ta faute ou que t'es un mauvais chum. Au contraire ! C'est juste que, moi, je suis pas super prête à être en couple, je pense… L'histoire de la fille qui te court après m'a beaucoup fait réfléchir sur mes propres sentiments pour toi. Ça m'a fait réaliser que tu mérites plus que l'amour que je peux te donner. Je te jure que mon intention a jamais été de te niaiser ! J'ai vraiment essayé d'y croire, mais j'y suis pas arrivée parce que, ce que j'éprouve pour toi, c'est rien de plus que de l'amitié. Et beaucoup, beaucoup de respect aussi.

Je suis peut-être naïve, mais j'espère sincèrement que ma décision changera rien à notre amitié. À la super relation qu'on avait avant. Mais je comprendrais aussi que tu préfères qu'on arrête de se parler… Je vais respecter ton choix, quel qu'il soit.

Annabelle
xoxo

Le regard voilé de larmes, elle ose enfin cliquer sur « envoyer », en espérant ne pas avoir à le regretter…

✳

21 h 02 en Oregon ; minuit et des poussières dans Lanaudière…

Sam se dépêche de retourner à sa chambre pour se connecter et souhaiter un très « soyeux » anniversaire à sa belle avant tout le monde. Il trépigne d'impatience à l'idée de lui parler, plein d'espoir de voir son joli minois pour formuler ses vœux par écrans interposés.

Or, l'excitation du frisé est brusquement refroidie par la bombe qu'il découvre dans sa boîte de réception.

Dès la lecture des premières lignes, Samuel devine la charge hautement explosive contenue dans le courriel d'Annabelle. Il voudrait éteindre son ordinateur avant que ça ne lui éclate au visage, mais ses yeux demeurent fixés à l'écran tandis qu'il parcourt la lettre, impuissant.

Son intuition ne l'avait pas trompé : son conte de fées avec « Planche Neige[28] » est bel et bien terminé…

La vibration de son téléphone cellulaire le sort de sa torpeur. L'appel est de Frédérique Laliberté, selon son afficheur.

Sam hésite à décrocher, ne se sentant pas d'attaque pour feindre l'entrain et lui faire croire que tout va bien. Pas question non plus de lui annoncer la nouvelle… des plans pour qu'elle s'imagine qu'il a laissé sa copine pour elle.

---

28   Voir *Planches d'enfer, Annabelle : 180°*.

Le frisé se prend la tête à deux mains en laissant sonner, le moral dans les souliers.

Mais Frédérique est bien trop persévérante pour abandonner si facilement. Pas plus de deux minutes se sont écoulées lorsqu'elle rappelle. Cette fois, Sam ne peut s'empêcher de répondre, résolument intrigué.

— Ouais?

— Salut, Bozo! Mika a téléchargé plein de nouveaux films de *snow*. Ça te tente de venir les regarder avec nous?

— Euh…

Samuel réfléchit à toute vitesse: «Allez regarder des films avec eux, ça m'engage à rien… pis c'est toujours mieux que de rester tout seul ici à me morfondre.»

— Attendez-moi. J'arrive.

29

Un mois plus tard…

Annabelle peine à croire qu'une année entière a filé depuis son arrivée dans Lanaudière. Les douze derniers mois ont été si chargés qu'elle ne les a presque pas vus passer, comme si elle sortait d'un long rêve éveillé.

C'est en se laissant entraîner par ses amis au parc régional de la Chute-à-Bull, situé à proximité du village de Saint-Côme, que la petite-nouvelle-plus-si-nouvelle prend conscience qu'il lui reste encore beaucoup à apprendre sur sa région d'adoption.

Non seulement elle n'avait jamais entendu parler de cet endroit — la Chute-à-Bull, quel drôle de nom! —, mais elle ne s'attendait pas à s'y sentir autant chez elle.

Annabelle n'est toutefois pas au bout de ses surprises…

Après s'être émerveillée devant le pont couvert, elle se renfrogne en apercevant ce (ou plutôt celui) qui se cache derrière. Son rythme cardiaque s'accélère tandis qu'elle reconnaît l'une des silhouettes postées de l'autre côté.

«OH, MON DIEU! Qu'est-ce qu'il fait ici? Je savais même pas qu'il était revenu de son camp d'entraînement…», pense-t-elle en dévisageant effrontément le nouveau Sam, version améliorée.

Ses cheveux ont allongé et son style vestimentaire a quelque peu changé. Il paraît un peu plus musclé et, surtout, plus en forme que jamais.

Celle qui se pend à son bras n'est sans doute pas étrangère à cette métamorphose spectaculaire…

— Vous auriez pu me dire qu'il serait ici, aujourd'hui, marmonne-t-elle à l'intention des garçons et d'Ophélie.

«… et qu'il viendrait accompagné», ajoute-t-elle pour elle-même.

— Hé, les brûlés! Je vous ai pas trop manqué? leur crie Samuel en traversant le pont pour venir à leur rencontre.

Après les présentations d'usage (dont Annabelle se serait bien passée, connaissant déjà très bien le nom de la nouvelle venue), le petit groupe entreprend sa randonnée de neuf kilomètres dans les sentiers boisés.

Mathis ne tient pas en place, tellement est il fier d'annoncer à ses amis qu'il a réussi sa première rotation de 1080° ce matin, grâce aux conseils d'Olivier Derome venu lui donner un petit coup de main. Il se garde toutefois de les informer quant à la nouvelle campagne environnementale qu'il s'apprête à mettre sur pied en collaboration avec le champion... Mathis se promet de leur en parler dès que le projet sera sur le point de se concrétiser. Le frisé se fait, quant à lui, un plaisir de raconter son séjour en Oregon tandis qu'ils s'enfoncent dans la forêt laurentienne peuplée d'épinettes et de pins blancs, déjà impatients de (re)découvrir l'impressionnante cascade d'eau pure en plein cœur de la nature. Guidés par le grondement sourd de la rivière Boule, ils parcourent les sentiers avec une telle assurance que c'est tout juste si Annabelle remarque les panneaux témoignant des vestiges de l'industrie forestière du XIXe siècle, à cette époque où les draveurs prenaient d'assaut les cours d'eau pour assurer le transport des billots de bois vers les usines.

C'est à contrecœur que le groupe de marcheurs discute de cette nouvelle année scolaire qui est sur le point de commencer, marquant leur entrée en troisième secondaire. Ils ne peuvent qu'espérer que leur nouvelle directrice, «la Vipère», ne leur fera pas vivre l'enfer. Mais Sam se montre plutôt confiant, balayant du revers de la main les lamentations de ses amis, à leur plus grand étonnement.

Le frisé aurait-il quelque chose à leur cacher? Certainement. Il préfère cependant attendre le jour de la rentrée pour leur révéler les secrets de Brigitte Vigneault.

Leur randonnée finit par les mener au belvédère situé au sommet de la montagne. Les marcheurs s'arrêtent pour admirer la vue panoramique imprenable qui s'offre à eux, trop époustouflés (et, disons-le, trop essoufflés) pour parler.

Annabelle fixe l'impressionnant torrent de dix-huit mètres de hauteur, fascinée par l'arc-en-ciel perpétuel au pied de la chute.

C'est alors que l'énigme de son grand-père Lionel lui revient en mémoire :

Parfois mauvaise et redoutée,
Je peux faire des blessés.
Que je sois d'eau ou de reins,
Je suis aussi le mot de la fin.
Qui suis-je ?

La solution lui apparaît soudain comme une évidence.

« UNE CHUTE ! Ben oui… pourquoi j'y avais pas pensé avant ? ! »

Il lui tarde déjà d'appeler son grand-père pour qu'il lui dévoile son petit cadeau mystère. Elle est tellement absorbée dans ses pensées qu'elle ne s'aperçoit même pas que ses amis sont rendus au bas de l'interminable escalier, en train de s'installer sur les rochers pour se prélasser au soleil.

Seul Loïc l'a attendue, mais elle ne saurait s'expliquer cette gentille attention.

— Tu viens? lui lance-t-il en lui tendant la main.

Elle acquiesce et le rejoint, n'osant pas prendre sa main pour autant. Ils descendent en silence jusqu'à ce qu'elle demande:

— Qu'est-ce que tu penses de la nouvelle blonde de Sam?

— Bah… elle a l'air cool, je trouve. Pas toi?

— Hum-hum.

— T'as pas l'air sûre.

— Oui, oui. C'est juste que… ça fait un peu bizarre, quand même.

— Je comprends.

— Mais t'sais, je suis vraiment contente pour lui, s'empresse de préciser Annabelle.

— Moi aussi. Tant qu'il est heureux, je suis content pour lui.

Il s'arrête sur un palier, à mi-chemin entre le belvédère et le pied de la chute, pour lui lancer un de ces regards mystérieux dont lui seul a le secret. Il n'en faut pas plus pour qu'elle perde tous ses moyens.

La preuve:

— Pis toi? Est-ce que t'as une fille en vue? se risque-t-elle à lui demander, regrettant sa question au moment même où elle franchit ses lèvres.

— Ben… en ce moment, c'est toi que je vois.

— Ouais, mais ça compte pas. Je suis dans ton champ de vision!

Loïc se contente de rire en se passant une main dans les cheveux d'un geste nerveux. Annabelle se permet d'insister:

— Euh… je te ferais remarquer que tu réponds toujours pas à ma question!

— Disons que… je sais pas si je suis prêt à avoir une blonde, mais…

— Mais?

— Si j'essaie pas, je le saurai jamais.

Même si Annabelle voit le visage de BD se rapprocher, elle refuse catégoriquement de fermer les yeux. Pas question qu'il se sauve de nouveau, façon ninja.

Non. Elle ne laissera pas filer le faux-jumeau-beaucoup-trop-beau, cette fois…

FIN

REMERCIEMENTS

AVERTISSEMENT : Si vous souffrez d'une phobie des énumérations, d'une intolérance aux tranches de vie et d'une peur panique des étrangers, il vous est fortement déconseillé de lire ce qui suit. Ce texte déborde d'anecdotes que vous ne comprendrez pas et de gens que vous ne rencontrerez peut-être jamais.

Merci à Hélène Rompré, que j'ai eu le plaisir de rencontrer à Guadalajara, pour ses commentaires avisés sur l'espagnol et la culture mexicaine. Merci à Annie Quintin d'avoir si gentiment accepté de commenter mon manuscrit en chantier et de m'avoir transmis sa fibre sentimentale pour m'aider à déterminer le sort amoureux d'Annabelle.

À ma première lectrice (et supportrice) : ma mère. À ma grand-mère Huguette qui prie tous les jours pour que j'aie de l'inspiration, et à ma grand-mère Charlotte qui me sermonne chaque fois que je réponds par la négative à sa question : « Pis ? As-tu fini ton livre ? »

Merci à ma belle amie Julie Tétreault, qui me fait de jolis clins d'œil, là-haut.

À mon amoureux, à ma famille, à mes amis ainsi qu'à toute l'équipe des Intouchables (y compris Stéphanie Casey avec qui j'aurais beaucoup aimé travailler).

Un merci tout spécial à vous, mes chers lecteurs, que j'espère ardemment retrouver dans une prochaine aventure. Soyez assurés que je n'arrêterai pas d'écrire. L'histoire ne fait que commencer!

Chloé

JARGON DU PLANCHISTE

Back roll: Figure de wakeboard qui, comme son nom l'indique, consiste à s'élever dans les airs en effectuant une roulade arrière, les jambes propulsées vers l'avant et la tête vers le bas. Ce saut renversé (ou *invert trick*) peut être pratiqué en *heelside*, c'est-à-dire en appui sur les talons, face au bateau, ou en *toeside*, en appui sur les orteils, dos au bateau.

Boardslide: Type de figure impliquant le « ventre » de la planche, c'est-à-dire la surface lisse sous le *board*, et qui consiste à glisser sur une barre de métal ou un *box*.

Bowl (ou « bol ») : Module de skatepark en béton qui n'est pas sans rappeler le design d'une piscine creusée. Normal! Ce type de module a été découvert en Californie par Tony Alva et les Z-Boys durant une période de sécheresse, à l'été 1976, alors que le remplissage des piscines était interdit (voir le film *Les Seigneurs de Dogtown* ou le documentaire *Dogtown et les Z-Boys*). Comme quoi, le malheur des uns fait parfois le bonheur des autres… En France, l'un des *bowls* les plus importants se trouve à Marseille, qui figure parmi les premières villes d'Europe à avoir adopté ce type d'installations, à mi-chemin entre la rampe et le street.

Box : Module qui ressemble à une grosse boîte de forme rectangulaire très allongée sur lequel on peut glisser et, donc, exécuter des *slides*.

Canard (duck-dive) : En surf, manœuvre qui consiste à enfoncer le nez de la planche de façon à plonger sous l'eau pour franchir la barre de front (là où les vagues viennent se briser) et, ainsi, éviter d'être emporté par le déferlement de la vague. Il est primordial de bien s'agripper à son surf, car les secousses sont parfois violentes.

Frontside (FS) : Terme indiquant la direction dans laquelle le planchiste prend d'assaut le module. *Backside* signifie que le planchiste se présente dos à l'obstacle, tandis que *frontside* désigne une entrée face à l'obstacle.

Grab : Mouvement consistant à attraper sa planche avec une ou deux mains durant un saut ou une figure. Il existe plusieurs types de *grabs*, selon la position de la main ou des mains sur la planche.

Handle pass : Terme utilisé en planche nautique pour désigner un passage de main, c'est-à-dire lorsque le planchiste passe le palonnier d'une main à l'autre dans son dos.

Heat : Vague de temps alloué à chacun des planchistes pour exécuter son enchaînement, durant une compétition.

Indy grab : Action d'attraper sa planche entre les pieds, côté orteil, avec la main arrière. Ce type de *grab* (ou de prise) se fait habituellement avec une planche à roulettes, mais peut également être exécuté en planche nautique ou en planche à neige.

Jam session : Quand plusieurs planchistes se retrouvent dans la cuvette (ou le *bowl*) en même temps, au cours d'une compétition. Un *jam* dure généralement une quinzaine de minutes et de deux à dix riders y participent simultanément.

Kicker : Mini-sauts de départ placés devant les *rails*, les *box* et autres modules afin de donner aux glisseurs l'élan nécessaire pour y monter et exécuter la figure désirée. Un *double kicker* offrira donc deux fois plus de possibilités.

Lander : Mot tirant son origine du verbe « *to land* », qui signifie « atterrir ».

Leash : Corde qui relie la cheville du surfeur à sa planche.

Ollie : Figure de base incontournable qui consiste à claquer l'extrémité arrière de la planche de façon à ce qu'elle bondisse dans les airs. Il est presque indispensable de bien maîtriser le *ollie* avant d'aspirer à réussir des figures plus complexes.

Palette : Voir Planche à roulettes.

Palonnier : Barre transversale auquel le planchiste nautique s'agrippe pour être tiré par le bateau ou le câble de téléski.

Planche à neige : Comme son nom l'indique, la planche à neige (ou snowboard) est un sport de glisse qui nécessite une planche ET de la neige ! Ce sport hivernal est devenu une discipline olympique en 1998, mais il existe depuis bien plus longtemps ! Personne ne s'entend sur le nom de l'inventeur, car de nombreuses personnes ont contribué à son essor, mais tout le monde s'accorde pour dire qu'il a été inspiré par le surf et par le skate.

Planche à roulettes : Comme son nom l'indique, la planche à roulettes (ou skateboard) est un sport de glisse qui nécessite une planche ET des roulettes ! Elle est aussi appelée « board », « skate », « palette »... ou autre, puisque les planchistes sont souvent très créatifs en ce qui concerne leur skate, que ce soit pour lui trouver un nom original ou pour le décorer. Une bonne planche coûte cher, d'autant plus qu'on doit l'équiper d'essieux (*trucks*), de roulements (*bearings*) et de roues pour qu'elle puisse rouler ! Logique, non ? Plus un skateur s'entraîne, plus la vie de sa planche sera de courte durée… ce qui ne l'empêche pas de la choisir à son goût et même, parfois, de la décorer avec des autocollants ou des slogans pour la personnaliser.

Planche nautique (wake ou wakeboard) : Sport similaire au ski nautique dans la mesure où il se pratique sur l'eau, avec une corde tendue par un bateau en mouvement ou au moyen d'un téléski, tout simplement. Par contre, il ne nécessite pas de skis, mais plutôt une planche rectangulaire avec des fixations, plus proche du snowboard que du surf.

Pool : Voir Bowl.

Quarter-pipe : Rampe à un seul côté. Installation en « quart de lune » de taille beaucoup plus modeste que son cousin, le *half-pipe* (demi-lune).

Rail : Barre d'acier aussi dite « barre de *slides* ». Les *rails* peuvent faire partie des installations urbaines, comme une rampe d'escalier (*handrail*), ou avoir été spécifiquement aménagés à l'intention des planchistes. Certains modules sont agrémentés de *rails*, mais les barres d'acier peuvent tout aussi bien être installées de façon indépendante.

Railey : Figure de wakeboard qui donne au planchiste l'illusion de voler à l'horizontale comme un véritable Superman. Ses jambes sont projetées vers l'arrière tandis que ses bras sont tendus par le palonnier, droit devant.

Replaquer : Atterrir sur sa planche après avoir exécuté une figure.

Rider ou rideur : Action de faire de la planche, ou personne qui pratique un sport de glisse. Synonyme de « planchiste » et de « boarder ».

Rotation : Ce terme désigne uniquement les vrilles horizontales (latérales), puisque les rotations verticales sont appelées « flips ». Les rotations viennent pimenter les prouesses des planchistes en ajoutant un degré de difficulté à une figure déjà bien maîtrisée. Demi-rotation = 180°, rotation complète = 360°, double rotation = 720°, etc. Certaines figures, lorsque combinées à une rotation, sont alors désignées par une nouvelle appellation.

Skateboard (ou skate) : Voir Planche à roulettes.

Snowboard (ou snow) : Voir Planche à neige.

Skatepark : Aire de planche à roulettes. On en répertorie une centaine dans la province de Québec. Il existe des skateparks intérieurs et des skateparks extérieurs. Certains skateurs préfèrent les parcs, alors que d'autres aiment mieux improviser dans la rue avec l'équipement urbain qui s'y trouve. C'est ce qu'on appelle « faire du street », c'est-à-dire s'exercer en dehors des endroits réservés à la pratique du skate, tels que les skateparks.

Surf : Sport qui consiste à glisser sur des vagues, en équilibre sur une planche. Les experts s'accordent généralement pour dire que le surf a fait son apparition en Polynésie, bien que ses origines demeurent controversées. On raconte que le premier surfeur a été aperçu en 1778 par le navigateur britannique James Cook, aux abords des îles Sandwich. C'est vers 1900 que le surf refait surface, à Hawaii, berceau moderne de ce sport. On peut pratiquer le surf de rivière au Québec, à Montréal, aux Îles-de-la-Madeleine et dans la région de Charlevoix, notamment.

Switch : En skateboard, ce mouvement consiste à inverser la position de ses pieds sur la planche ; un *regular* roulera donc en position *goofy*, et vice-versa… un peu comme un droitier qui voudrait bien écrire de la main gauche. Ce changement a pour effet de déstabiliser le planchiste, ce qui rend plus difficile la réalisation des figures.

Tail press : Variation du 50-50. En plus de glisser en parallèle sur le module (50-50) ou sur la vague, en wakeboard, le planchiste soulève le nez de la planche tandis qu'il prend appui sur la partie arrière.

Tantrum : En wakeboard, le *tantrum* et le *back roll* sont les deux premières figures *invert* (c'est-à-dire sauts renversés, la tête en bas) qu'un planchiste réalisera. Le *tantrum* est un *backflip* en prise de carre arrière (*heelflip*).

Téléski nautique (ou treuil mécanique) : Traction par câble par opposition à la traction par bateau. Cette pratique gagne en popularité, puisqu'en éliminant le bateau de l'équation, on élimine aussi les facteurs polluants… et les coûts (souvent) exorbitants. Bref, une alternative plus écologique et plus économique.

Toeside : En appui sur les orteils.

Trick : Figure en skateboard, en snowboard, en wakeboard, ou dans tout autre sport extrême qui conjugue technique, habileté et créativité. Autrement dit, il s'agit d'un mouvement ou d'une acrobatie qui nécessite un certain entraînement, qui comporte certains risques, mais qu'on n'hésite pas à réaliser pour impressionner les filles et les amis le jour où, ENFIN, on la réussit. (En un seul morceau, autant que possible.) Il faut noter que les *tricks* de base sont généralement sans danger…

Vague : Voir Heat.

Wake boat : Bateau de plaisance spécialement conçu pour la pratique de sports nautiques tel que le wakeboard. Les wake boats sont de taille compacte et ne possèdent pas de cabine.

WAKE DANS' RUE : La série de compétitions de wakeboard urbain la plus prestigieuse en Amérique du Nord. L'organisation prévoit un arrêt dans plusieurs villes québécoises chaque été.